SOKIN 장편소설
FUSION FANTASTIC STORY

코더
이용호

코더 이용호 4

SOKIN 장편소설

초판 1쇄 찍은 날 § 2017년 3월 15일
초판 1쇄 펴낸 날 § 2017년 3월 22일

지은이 § SOKIN
펴낸이 § 서경석

편집책임 § 김경민

펴낸곳 § 도서출판 청어람
등록번호 § 제387-1999-000006호
등록일자 § 1999. 5. 31
어람번호 § 제1-2653호

주소 § 경기도 부천시 부일로 483번길 40 서경B/D 3F (우) 14640
전화 § 032-656-4452 팩스 § 032-656-4453
http://www.chungeoram.com
E-mail § chungeorambook@daum.net

ISBN 979-11-04-91236-8 04810
ISBN 979-11-04-91134-7 (세트)

4

SOKIN 장편소설

FUSION FANTASTIC STORY

코더
이용훈

Contents

코더
이용호

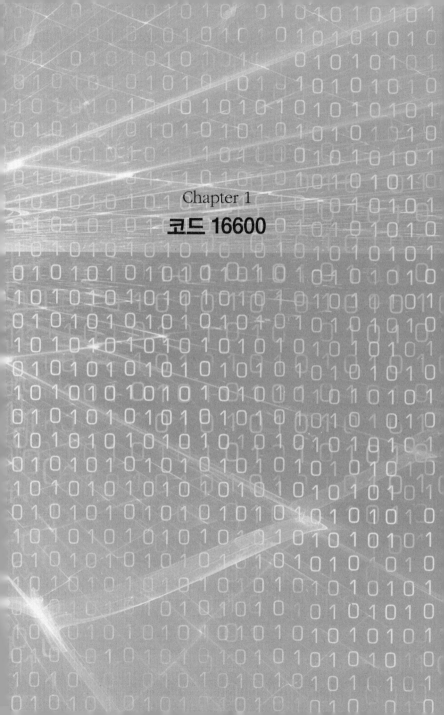

Chapter 1

코드 16600

경업 금지 조항.

그리고 코드 16600.

1827년 캘리포니아 시민법에 포함된 California Business and Professions Code Section 16600 조항이었다.

코드 16600에 따르면 캘리포니아 기업들은 떠나는 직원을 잡을 방법도, 기밀 유출을 막을 방법도 없다. 고작 할 수 있는 일이라고는 서로 상대방 직원을 스카우트하지 않겠다는 '신사 협정' 정도다.

우리나라 대기업이 산업 기술 보호법이라 불리는 경쟁 방지법 아래에서 배를 불릴 때 실리콘밸리의 기업들은 치열하게 경쟁한다.

판교 테크노밸리는 결코 실리콘밸리가 될 수 없었다.

물론 이 법 하나 때문에 실리콘밸리가 세계적인 창업 지역으로 떠오른 것은 아닐 것이다.

그러나 이 법은 실리콘밸리가 가지고 있는 가장 큰 가치를 대변하고 있었다.

개인의 아이디어를 최우선으로 한다.

용호는 코드 16600과 관련된 내용들을 하나하나 읽어 내려가며 온몸에 전기가 흐르는 듯 찌릿함을 느꼈다.

'과연 실리콘밸리……'

감탄이 절로 나왔다.

조직보다 개인을 중시하는 문화.

창의적인 아이디어를 소중하게 생각하는 문화.

실패를 경험이라 생각하는 문화.

용호가 경험했던 대한민국 IT 업계는 이와 정반대였다.

개인보다 조직을 우선시하는 기업 문화.

실패를 낙오자라 생각하는 문화.

창의적인 아이디어를 헛소리, 4차원이라 취급하는 문화.

'창업의 도시라 불릴 만하구나.'

인터넷에는 코드 16600에 대한 내용만이 아닌 그와 관련된 실리콘밸리의 장점들이 무수히 나열되어 있었다.

물론 간간이 단점들도 있었다.

그러나 그런 단점들을 덮고도 남을 만큼의 장점에 수많은 사람들이 실리콘밸리로 몰려드는 것이었다.

*   *   *

그래도 혹시나 싶었다. 용호는 좀 더 확실히 하기 위해 브래드를 찾아갔다.

"전 직장에서 그런 내용의 메일을 받으셨다고요."

용호의 말을 들은 브래드도 대수롭지 않게 여기는 듯싶었다. 그런 모습이 용호로 하여금 더욱 안심하게 만들었다.

"일단 회사 법무팀과 얘기를 해봐야겠지만 크게 신경 쓰지 않으셔도 될 것 같습니다."

"감사합니다."

"아닙니다. 오히려 적극적으로 아이디어를 내고 찾아서 일을 하고 있는 용호 씨의 모습에 회사에서도 기대가 큽니다."

용호는 브래드가 자신을 소중하게 생각한다는 느낌을 받았다. 자신의 아이디어에 귀를 기울여 주고, 자신의 주변에서 일어나는 일에 대해 관심을 가져준다.

기계화, 산업화로 대표되는 미국이 오히려 한국보다 인간적인 듯했다.

"네."

브래드와의 대화를 마치고 용호는 다시 한 번 열의를 다졌
다.

사무실로 돌아가니 다들 일에 열중하고 있었다. 얼마 전 용
호가 커밋했던 RMSE Score 1.000을 만들 수 있는 소스를 보
느라 여념이 없는 것이다.

소스를 보던 사람들의 시선이 일순간 사무실로 들어서는 용
호에게로 향했다. 하나같이 얼굴에 '나 궁금해'라고 쓰여 있었
다.

'빨리 이것부터 해결해야겠네……'

용호는 되도록 사람들과 눈을 마주치지 않은 채 재빨리 자
리로 돌아가 앉았다.

그러고는 미칠 듯한 속도로 기계식 키보드의 타자를 두드리
며 '지금 몹시 바쁘다'라는 분위기를 풍겼다.

다행히 쉽사리 자신에게 다가와 말을 거는 사람이 없었다.

기계식 키보드의 달칵 거리는 소리만이 조용한 사무실에서
소리를 내고 있었다.

*　　　　　*　　　　　*

카페에 앉아 있는 용호가 누군가를 초조하게 기다리고 있었

다. 그는 초조함을 감추려는 듯 탁자 위의 노트북을 보며 타자를 두드리고 있었다.

그러고는 한 번씩 고개를 들어 카페로 들어서는 사람들의 얼굴을 살폈다.

몇 번의 실망이 용호를 덮쳤을까. 이내 용호의 표정이 환하게 밝아졌다.

이보다 더 반가울 수 있을까 싶었다. 용호는 멀리서 다가오는 제프를 보며 손을 흔들며 좋아했다.

"제프 씨!"

"그렇게까지 손은 흔들지 않아도 되지 않을까 싶은데……"

소리를 지르며 반기는 용호의 반응이 부담스러운 듯 제프가 난색을 표하며 자리에 앉았다.

그간 몇 번의 만남을 통해 서로 간의 어색함은 많이 가신 상태였다.

"제가 얼마나 오늘을 기다렸는지 아시면서."

제프가 자리에 앉기도 전에 용호는 탁자 위에 있던 노트북을 돌려 제프 쪽을 보도록 만들었다.

용호는 제프에게 현재 자신이 만들고 있는 추천 엔진 알고리즘에 대해 물어볼 생각이었다. 코드로 되어 있는 것을 식으로 표현하고 다시 그것에 대한 설명을 듣고자 한 것이다.

이미 만나기 전에 소스는 보내놓았다.

"어때요? 소스는 보셨어요?"

제프가 용호에게 보안 서약서를 받았듯이 이미 용호도 제프에게 똑같은 것을 받았다.

더구나 제프는 소프트웨어 업계에서 유명 인사. 용호보다 가진 것이 많은 사람이었다. 그런 사람이 군이 용호의 뒤통수를 칠 리는 없다고 생각했기에 튜닝 중인 추천 알고리즘 소스를 보여줄 수 있었다.

"보긴 봤는데… 어떻게 구현은 했으면서 제대로 설명은 못하겠다는 거지?"

자리에 앉은 제프는 노트북은 보지도 않은 채 용호를 주시했다. 제프의 상식으로는 이해가 가지 않았다.

자신이 구현한 프로그램에 대한 설명을 부탁한다는 것은 어떤 프로그래머도 이해하지 못할 것이다.

더구나 소스 사이사이에는 주석으로 된 설명도 달려 있었다. 이미 눈앞에서 자신이 끙끙 싸매고 있던 문제를 해결해 주었기에 지금 용호가 보여주는 소스가 남이 해주었다고 믿기도 어려웠다.

"자세한 사정은 나중에 말씀드릴 테니까 일단 설명부터 해주시면 안 될까요?"

용호가 제프에게 사정했다. 한국에서는 프로그램만 돌아가면 과정에 대해서는 별말이 없었다.

손석호가 그나마 간간이 용호에게 로직에 대한 이야기를 물어왔다.

그러나 이곳은 아니었다.

손석호 같은 사람이 10명 있었다. 용호가 하고 있는 개발 과정에 대해 아주 자세하게 물어왔다.

누군가에게 배우기만 하던 용호에게 색다른 경험이었다.

'확실한 정보를 좀 더 자세하게 알려주려면… 이 방법밖에는 없어.'

버그 창이 알려주는 정보는 분명 확실할 것이다. 그러나 남에게 알려주기 위해서는 그 정도로는 불충분했다.

스스로가 완벽하게 이해를 하고 있어야 설명을 듣는 사람도 이해를 할 수 있을 것이라 생각했다.

용호가 제프를 만나는 가장 큰 이유였다.

A4용지에 여러 가지 식들이 난무하고 있었다. 제프라고 해서 모든 것을 알고 있는 것은 아니었다. 그러나 기본적으로 갖추고 있는 지식에 지금까지의 경험이 더해져 아무리 어려운 것도 빠르게 이해할 수 있었다.

거기에는 용호와는 달리 기본적으로 뛰어난 머리도 한몫 단단히 하고 있었다.

그러나 머리가 좋다는 것이 잘 가르친다는 것을 의미하지는 않았다.

"내가 못 가르치는 건지, 당신이 이해를 못하는 건지……."

설명을 이어가던 제프가 답답하다는 듯 자리에서 일어나 잠시 몸을 돌리며 스트레칭을 했다.

용호는 완벽하게 이해하기 전까지 집에 갈 생각이 없었다.

다행히 외계어로 보이던 것들이 점차 숫자와 기호로 변해가고 있었다.

"그러니까 여기 시그마 1부터 n까지 계산하고 있는 게 470라 인의 for문에 대입되고 성능을 위해서 시그마의 중첩이 풀려 있 다는 말이라는 거죠."

제프가 뭐라고 하던 용호는 설명을 위해 적어준 A4용지를 보고 있을 뿐이었다.

하나도 빠뜨리지 않고 완벽하게 이해하기 위해 용호는 일체 다른 곳으로 눈동자 한 번 굴리지 않았다.

"아직 상급 알고리즘도 풀지 않았는데 정말 볼수록 신기하 군."

제대로 이해했는지 물어오는 용호를 보며 제프는 그저 신기 할 따름이었다.

"이거 이해할 때까지 집에 갈 생각 없으니까 잘 부탁해요."

"……."

"그럼 다음 부분으로 넘어갈까요?"

제프도 서둘러 다음 부분 설명을 이어나갔다. 내심 남자 둘 이 하루 종일 있고 싶지는 않아 보였다.

*　　　*　　　*

언제까지 일만 할 수는 없었다. 주변 동료들의 뜨거운 구애 를 모른 척하기에는 등살이 너무 따가웠다.

제프에게 배운 것도 있겠다. 용호는 팀원들에게 전체 공지를 띄웠다.

오후 2시 30분에 회의실에서 간략한 설명이 있습니다. 시간 되시는 분들은 모여주세요.

용호는 회의실 앞으로 나섰다. 용호의 설명을 듣기 위해 팀원 전체가 모여 있었다.
'일단 결과로 시선을 끈 다음에 설명은 간략하고 빠르게 넘어가야겠다.'

./jrs—rmse—check.sh

용호는 먼저 결과를 보여주는 프로그램을 실행시켰다. 화면에 뜬 수치는 자그마치 1.010. 지난번보다 0.01이 상승해 있었다.
수치를 확인한 사람들의 눈이 휘둥그레졌다. 용호도 빔 프로젝터가 쏘아내는 수치를 보고 있었다.
'보고 있는 나도 신기한데 저 사람들도 그렇겠지.'
용호는 설계 문서의 결괏값을 바꿔가며 알고리즘을 튜닝했다.
한 번은 아주 높은 수치를 적어보았으나 아무런 결괏값이 보이지 않았다. 오히려 처음 보는 단 두 글자가 버그 창에 떠올라 있었다.

불가.

버그 창으로도 안 되는 게 있다는 것이 신기했다.

용호는 상념을 접고 다음 순서를 진행해 나갔다. 다행히 용호의 의도대로 사람들이 경이로운 시선을 한 채 칠판을 보고 있었다.

"아마, 다들 제가 올려놓은 소스들을 한 번씩 보셨을 걸로 생각합니다. 그래서 간략하게나마 설명을 드리려고 합니다."

말을 마친 용호는 제프에게 배운 대로 빠르게 설명을 해나갔다. 중간중간 발생하는 질문은 설명이 끝난 다음에 받기로 하고 미루었다.

제프에게 배웠던 것이 어느 정도 효과를 발휘하는지 사람들의 얼굴에 떠올라 있던 궁금증들도 조금은 가신 듯했다.

가뭄에 단비가 내렸다.

소스를 보고도 어느 정도 알 수는 있다. 그러나 원저작자에게 듣는 것은 또 다르다. 자신이 이해하고 있는 것이 정말 맞는지에 대한 확신을 주는 것이었다.

몇몇은 자신이 파악한 것이 맞다는 것에 대한 희열로, 몇몇은 모르는 것을 새롭게 알게 된 기쁨이 회의실을 채워 나갔다.

"질문 있으신 분?"

이번에도 지난번과 마찬가지 풍경이 펼쳐졌다. 회의실의 모두가 자신을 봐달라는 듯 손을 번쩍 들었다.

"당장은 시간이 없어서 모든 질문을 받을 수는 없고, 주에 몇 번씩 이렇게 설명하는 시간을 가지겠습니다."

용호의 말에 사람들의 얼굴에 아쉬움이 떠올랐다. 그러나 용호도 어쩔 수 없는 일이었다.

제프에게 배운 걸 팀원들에게 알려준다. 그러기 위해서는 지금의 방법이 최선이었다.

회의실을 나오는 길. 데이브가 엄지를 치켜든 채 용호를 기다리고 있었다.

"용호! 대단해! 역시 내 눈이 틀리지 않았다니까."

데이브도 들뜬 기색이 역력했다. RMSE 스코어는 계속해서 올라가고 있었다. 거기에 팀원들의 단 한 가지 불만이었던 궁금증 해소가 조금씩이지만 해갈되고 있었다.

"미리 이런 시간을 가졌어야 하는데 미안할 뿐이지."

"바쁘면 그럴 수도 있지. 그리고 용호는 충분히 그래도 돼."

데이브가 방금 전 회의실의 풍경을 떠올리며 말했다. 설명을 듣는 사람들은 하나같이 고개를 주억거리며 수긍했다. 용호는 아주 쉽게 풀어서 이해를 도왔다.

최정상급 중에서도 톱에 속하는 제프가 해준 설명이었다. 빈틈이 있을 리가 없었다.

"그래, 앞으로 더 잘 해볼게."

용호가 웃으며 말했다. 조금씩이지만 이곳에 자신의 영역이 생기고 있었다. 그 뿌듯함에 용호도 이제는 웃을 수 있었다.

*   *   *

─오프라인 유통의 절대 강자 신세기 온라인의 패자로 우뚝 서다

라는 타이틀이 신문의 메인 기사를 장식하고 있었다. 신세기에 다니는 임직원이라면 누구나 기뻐할 만한 소식이었다. 그러나 정진훈만은 그렇지 않았다.

보고를 받는 내내 찌푸려진 얼굴이 풀릴 줄을 몰랐다.

"그래서 힘들 거다?"

"…네, 국내에서도 경업 금지 조항으로 소송을 걸어서 이긴 적이 거의 없고, 건다고 해도 한국 법원에 걸어야 하는데……."

"대안은?"

"……."

정진훈의 얼굴이 악귀처럼 일그러졌다. 자신의 뜻대로 일이 풀리지 않자 분노가 극에 달하는 것이다.

쾅!

순간 문이 열리며 정단비가 집무실로 들어섰다. 정단비 옆에서 비서가 어쩔 줄 몰라 하며 서 있었다.

"이 내용증명 사장님이 보낸 겁니까?"

정단비의 차가운 말에도 정진훈은 미동조차 없었다. 방금전 분노로 가득 찬 사람이 맞나 싶을 정도로 냉정을 찾은 모습이었다.

"퇴사를 하기로 했다고?"

"정. 진. 훈. 사장님!"

정단비는 들고 있던 봉투를 바닥으로 패대기쳤다. 그만큼 화가 났다는 증거였다. 그 모습에 옆에 있던 보좌관과 비서가 조용히 밖으로 걸어 나갔다.

"좋은 생각이야, 그런데 나가는 건 하나면 족하지. 나머지는 안 돼."

"제 팀입니다."

타닥. 타닥.

정진훈이 손가락으로 책상을 두드렸다. 차갑다 못해 비인간적으로까지 느껴졌다.

"아니. 회사 팀이지."

"……"

"데리고 나갈 테면 나가봐, 뒷감당할 자신 있으면."

정단비의 얼굴이 무섭게 변해갔다. 정단비도 정진용의 자식이었다. 당하지만은 않겠다는 강한 의지가 느껴졌다.

사무실로 돌아온 정단비의 굳어진 표정이 풀릴 줄을 몰랐다. 회의실에 모여 있는 사람들 역시 마찬가지였다.

"아마, 쉽지 않을 것으로 생각됩니다. 어떤 방해가 있을지도 모르고요. 한 가지 약속드릴 수 있는 것은 성공했을 때의 보상만큼은 확실하게 해드리겠다는 겁니다."

정단비가 단단히 약속했지만 민심은 이미 돌아서 있었다. 함께하기로 했던 몇몇이 자리에서 이탈했다.

"함께하지 못한다고 하셔도 저는 어떤 불이익도 행사할 생각이 없습니다. 어차피 저는 나갈 사람이니 편하게 생각해 주세요."

정단비의 말에 그나마 남아 있던 몇몇이 다시 자리를 떠났다. 최종적으로 남아 있는 것은 겨우 셋밖에 되지 않았다.

"…그래도 수석님이라도 남았으니 다행이네요."

허지훈 과장과 손석호 수석이 남아 있었다. 정단비가 다행이라는 듯 가슴을 쓸어내렸다.

손석호는 여전히 단팥빵을 입에 물고 있었다.

"팀장님이 꼭 막아주셔야 합니다."

손석호도 유부남, 전혀 걱정이 없는 것은 아니었다. 더구나 경업 금지 조항이 가슴 한편에 짐으로 남아 있었다.

"그건 걱정하지 마세요."

정단비의 단호한 목소리에도 그리 안심하는 눈치는 아니었다. 그러나 한 번은 거쳐야 할 일, 손석호는 다시 한 번 마음을 굳게 먹었다.

*　　　　*　　　　*

용호가 보여주는 퍼포먼스는 사람들을 놀라게 하기 충분했다. 그러나 팀원들이 용호에게 놀란 것은 뛰어난 퍼포먼스 때문만은 아니었다.

"집에 안 가?"

"응, 이것 조금만 더 보고."

스스로의 실력이 향상되는 것이 느껴지자 그렇지 않아도 재미있던 일이 더욱 즐겁게 느껴졌다.

점점 집에 가는 시간은 늦춰졌고 아예 들어가지 않는 날도 생기고 있었다.

"그래도 쉬면서 해야지……."

몇몇 동료가 염려스러운 듯 물어왔다. 용호의 언어능력이 올라가는 만큼 주변 사람들과의 친밀도도 올라갔다.

더구나 용호는 능력까지 출중했기에 더욱 사람들에게 인기가 있었다.

"아, 그래야지. 수고했어."

동료가 퇴근하고 나서도 용호가 앉아 있는 사무실 불은 꺼질 줄을 몰랐다.

데이브는 진작에 신상 피규어가 나왔다며 퇴근한 상황이었다.

용호가 곤혹스러운 듯 회사 앞에서 쩔쩔매고 있었다. 그 앞에 차에서 내린 유소현이 커피에 간단한 주전부리를 들고 서 있었다.

"회사에 일이 많은가 봐."

"그건 아니고, 그냥 미국까지 와서 쉬기는 좀 그래서."

용호도 이제 유소현이 익숙해졌는지 예전보다 편하게 대하고 있었다. 타국에서 만나서인지 더욱 빠르게 가까워졌다.

"집에는 안 가?"

"아, 조금만 더 하고 가야지."

이미 시간은 밤 12시를 가리키고 있었다. 용호는 오늘도 회사에서 잘 생각이었다. 회사는 집보다 안락한 공간을 직원들에게 제공하고 있었다.

"그렇구나……"

대답을 하는 유소현의 얼굴에 아쉬움이 스쳐 지나갔다. 표현의 강도가 진했는지 용호에게도 전달되었다.

"마무리하고 나올 테니까… 집에 같이 갈까?"

아쉬움으로 어두워졌던 유소현의 얼굴이 순식간에 밝아졌다. 이미 깊은 밤으로 접어들어서인지 도로에는 차가 거의 다니지 않았다.

그렇게 뻥 뚫린 길을 유소현과 용호가 함께 달리고 있었다.

*   *   *

RMSE Score 1.050.

데이브가 그토록 손에 넣기 위해 노력하던 점수였다. NetFlax Prize에 참가했던 이유도 저 수치를 향한 갈망 때문이었다.

회사의 시스템을 업그레이드하는 한편 자신의 능력도 한층 발전시키고자 했다.

사람이라면 누구나 가지고 있을 기본적인 욕망이었다.

그러나 대회에서 결과적으로 우승하지 못했다. 갑자기 나타난 동양의 한 팀에게 변명의 여지도 없이 지고 말았다.

'말도 안 돼.'

처음에는 그렇게 생각했다. 어느 정도 자신이 만들어낸 결과와 비슷했다면 믿었을 것이다. 그러나 넘사벽의 수치가 대회장까지 찾아가게 만들었다.

그리고 거기서 만난 이용호.

낯을 가리는 자신으로 하여금 먼저 다가가게 만들었다. 대부분의 사람들이 자신에게 먼저 다가왔다. 뛰어난 머리와 능력은 굳이 사람들에게 고개를 숙이지 않아도 최고의 자리를 약속해 왔다.

그럼에도 그는 자신으로 하여금 먼저 다가가고 싶게 만들었다.

순수한 호기심.

자신이 해내지 못한 일을 해낸 사람에 대한 호기심과 존경심으로 용호와 친하게 지내고 싶었다.

이야기를 나누어보니 그리 나쁜 사람 같지도 않았다. 그건 제시와 제임스 모두 같은 의견이었다.

친해지고 싶었고 함께 일해보고 싶었다. 그리고 결국 이렇게 다시 만나게 되었다.

'세상은 넓다더니……'

RMSE Score 1.050.

데이브는 여전히 믿기지 않는다는 듯 회의실 한가운데에 띄워져 있는 숫자에서 눈을 떼지 못하고 있었다.

"수고했어요."

팀의 매니저인 브래드도 용호가 보여준 결과에 놀라움을 금치 못했다. 데이브가 데려온 똑똑할지도 모를 동양 친구는 브래드의 기억에서 사라져 있었다. 이제는 데이브의 친구가 아닌 이용호 이름 석 자로 머릿속에 들어왔다.

'역시······.'

끼리끼리 논다는 말이 있었다. 데이브가 추천했을 때 최소한의 믿음은 있었다.

'적어도 어느 정도까지는 해내겠지.'

데이브가 NetFlax Prize 대회에 제출한 점수도 놀라웠다. 그러나 그때의 알고리즘을 회사에 적용해 보니 결과는 신통치 않았다.

RMSE Score 0.96

이것이 한계라 생각하고 있었다. 그랬기에 마침 외부 인력을 찾고 있던 시점이기도 했다. 그 결과 들어온 것이 용호였다.

'팀의 인원을 늘릴 수는 없으니······.'

세계적으로 경기가 좋지 않은 상황이었다. 그리고 모든 팀에는 인원에 한계가 있었다. 용호를 뽑은 건 한시적이라 생각하고 있었다.

결과가 나오지 않는다면 언제든지 해고할 생각을 가지고 있었다.

그러나 이제 아니었다.

매일 같은 야근은 용호를 지치게 만들었다. 피곤하고 힘들었지만 그건 한국에서도 마찬가지였다.

여기는 미국, 피곤하고 힘들다고 포기하기 위해 이곳까지 온 것이 아니었다. 발전을 통해 더 나은 삶을 살기 위해, 부모님의 걱정과 한국에서 쌓아왔던 기반을 포기하고 이곳 미국까지 왔다.

'이게 첫걸음이 되겠지.'

용호는 회의실 앞에 서서 팀원들을 바라보았다. 비록 0.01이 부족했지만 누구도 토를 달지 못했다.

지금 나온 수치만으로도 용호는 자신의 가치를 충분히 입증하고도 남았다.

이제는 회사가 혹시나 용호가 퇴직하면 어쩌나 걱정해야 할 시간이었다.

*   *   *

결과가 나오자 인수인계는 빠르게 이루어졌다.

용호가 입증한 자신의 능력. 회사 입장에서는 더 많은 일에 그가 투입될수록 이득이었다.

데이브만 해도 회사에서 시니어 급으로 활동하며 상당한 이익을 안겨주고 있었다.

그런 데이브보다 뛰어난 능력을 가진 것으로 예측되는 것이 용호였다.

차츰 예측을 현실로 만들고 있는 중이었기에 용호를 위한 팀은 빠르게 준비되었다.

"안녕하십니까. 이번에 SA(Service Architect : 서비스를 설계하는 이)를 맡게 된 케네스 로이라고 합니다."

데이브와 같은 금발에 하얀색 치아가 인상적인 남자였다. 남자가 먼저 손을 내밀며 인사를 해왔다.

"반갑습니다."

용호도 마주 손을 내밀었다. 이미 용호의 요청으로 데이브, 제시, 제임스가 팀에 합류했다.

기존 팀의 공백을 최소화하기 위해 일단 초창기에는 두 가지 일을 동시에 진행하기로 했다. 기존 팀의 요청 사항에 대해 대응을 해주면서 새로운 서비스에 대한 기획을 해나가기로 한 것이다.

AA(Application Architect), DA(Database Architect), TA(Technical Architect), SA 등등 하나의 시스템이 만들어지기 위해서는 다양한 분야의 전문가가 필요했다.

SA는 케네스가, TA는 제임스, DA는 데이브가 맡기로 했다. 나머지 한 자리 AA에 용호가 이름을 올림으로써 기본적인 역할의 구분이 이루어졌다.

제시는 팀의 부족한 부분을 서포트하는 역할을 맡았다. 그리고 전체 팀을 관리하는 사람은 브래드가 맡았다.

어디로 튈지 모르는 데이브를 잘 관리해 왔다는 점이 가장 크게 작용했다.

첫 번째 회의 시간의 주인공은 케네스였다.

"이번 프로젝트의 동기가 된 신세기 쪽의 서비스를 분석해서 요구 사항 정의서를 한번 만들어보았습니다. 기존에 보내 드린 문서를 참고하면서 들어주세요."

케네스는 빽빽하게 작성되어 있는 요구 사항을 화면에 띄웠다.

ID : EXP_01

요구 사항명 : 사용자 공간

요구 사항 설명 : 사용자가 쇼핑한 물건을 실제 현실에 적용하기 위한 공간.

상단 선택 버튼 클릭으로 공간에 모여 있는 물품을 결제할 수 있다.

하단의 삭제 버튼 클릭 시 삭제할 물품들에 셀렉트 박스가 나타난다.

유형 : 기능

관련자 : 모든 사용자

양식은 조금 달랐지만 이미 용호도 프로그램을 개발하며 많이 보던 문서였다. 그러나 대부분의 시간을 이미 작성된 요구 사항 정의서 대로 개발하는 데에 시간을 쏟았지, 이렇게 정의

서 작성부터 참여한 적은 없었다.

'기네……'

케네스는 요구 사항을 하나씩 짚어가며 설명하고 있었다. 이러한 기능이 왜 필요한지, 어떠한 효과가 있는지, 어떠한 근거를 통해 이러한 기능을 집어넣었는지에 대해 아주 상세하게 설명했다.

4시간 뒤.

'이건 내 스타일이 아닌데……'

개발은 즐거웠다.

바로 결과가 나오는 것도 무언가를 만든다는 것도 재미있는 과정이었다.

그러나 지금은 말로 하는 논리가 지배하는 시간이었다. 가장 열성적으로 참여하는 것은 제시와 브래드였다.

나머지는 용호와 같은 생각인지 제임스마저 졸고 있었다.

'휴우… 쉽지 않겠어.'

용호는 감기려고 하는 눈을 다시금 부릅떴다.

Chapter 2
프로그램 설계의 기본

요구 사항 정의서는 프로그램 개발에서 기본 중의 기본이었다. 요구 사항 정의서가 제대로 정리되어야 어떤 요구를 어떻게 개발할지, 서비스 이용 규모는 어떻게 산정할지, 이용 규모에 따른 하드웨어 사양은 어떻게 결정할지 등이 정해지는 것이다.

　모든 소프트웨어 개발의 시발점이 바로 요구 사항 정의서였다. 물론 요구 사항 정의에 일반 개발자가 참여하는 경우는 드물었다. 한국에서는 흔히 PL(Project Leader/Programmer Leader)이라 부르는 개발자들이 참여했다.

　그리고 현재는 용호가 회의에 참가하고 있었다.

　"그러니까 본인의 사진이 아닌 동영상을 업로드 받자는 말씀이신 거죠?"

"네, 맞습니다. 현재 신세기에서 제공하는 서비스는 총 8장의 사진을 받고 있습니다. 그 말은 곧 여덟 번이나 화면을 터치해 가며 사진을 찍어야 한다는 말이고요. 이 얼마나 불편한 일입니까?"

케네스가 열변을 토해냈다. 분명 맞는 말이었다. 여덟 번이나 터치를 하는 것보다는 한 번의 터치를 통해 목적을 이루는 것이 사용자의 편의를 향상시킬 것이다.

그러나 이미지 처리는 또 다른 분야, 용호는 과연 구현이 가능할지에 대한 감조차 제대로 잡을 수 없었다. 그건 데이브나 제임스라고 해서 다르지 않았다.

다들 그저 대학, 대학원 시절 배웠던 지식이나 사회에 나와 어깨너머로 공부했던 것에 기반을 두고 말하고 있었다.

"동영상 처리는 아무래도 힘들지 않을까요? 차라리 이미지로 처리하되 사진을 한 번에 찍을 수 있는 방향이 어떨지……."

그건 용호 역시 마찬가지였다. 전문 분야가 아니었기에 말에 자신이 없었다.

용호는 옆에 앉아 있던 브래드에게 물었다.

"이미지 처리 분야의 전문가는 아직인가요?"

"네… 채용 공고를 냈는데 쉽사리 뽑히지가 않네요."

이번 서비스의 핵심 중의 하나가 이미지 처리였다.

사용자가 온라인 공간을 정말 현실과 비슷하게 느끼기 위해서는 이미지 처리 분야의 전문가가 필요했지만 인원이 쉽사리 구해지지가 않았다.

"이 부분은 좀 더 나중에 이야기를 하시죠."

결국 케네스도 다음 부분으로 넘어갈 수밖에 없었다. 아직 이야기해야 할 요구 사항이 100가지는 넘게 남아 있었다.

회의실에 앉아 있는 용호의 가장 큰 걱정은 회의가 언제쯤이면 끝날까 하는 것이었다.

항상 용호가 회의의 주체였기에 끝날 시간을 정할 수 있었다. 그러나 지금은 아니었다.

용호는 설명을 듣는 입장, 더군다나 SA 역할을 하고 있는 케네스라는 사람의 나이는 용호보다 많아 보였다.

얼핏 보기에도 상급자처럼 보였다.

"다음 내용부터는 JIRA를 통해 공유할 테니까 각 담당자들은 확인 부탁드리겠습니다."

JIRA는 프로젝트 생산성을 높이는 일종의 프로젝트 관리 툴이었다. 하나의 프로젝트를 개설하면 해당 프로젝트와 관련된 인원들을 등록할 수 있었다.

그리고 프로젝트에 어떤 이슈 사항이 생기면 등록된 모든 이들에게 메일이 발송된다. 미국의 한 회사에서 개발한 것으로 근래 전 세계적으로 많이 사용되고 있었다.

케네스는 몇 가지 사항만 이야기한 채 JIRA에 공유한다는 말을 남기고 바로 회의를 종료했다.

"응?"

예기치 않은 회의 종료에 용호는 어리둥절한 채 자리에 앉아 있었다. 회의실 내 대부분의 사람들은 노트북을 챙겨 자리에서 일어나고 있었다.

"안 가?"

옆에 앉아 함께 회의를 듣던 데이브가 용호를 툭 쳤다. 어찌됐든 빨리 끝나 다행이었다.

아마 한국이었다면 오늘 내로 회의는 끝나지 않았을 것이다.

용호는 회의가 끝나고 잠시 머리를 식히기 위해 바깥으로 나왔다. 자리에 앉아 동료이자 친구들에게 한국에서 있었던 일을 이야기하자 제시가 어이가 없다는 듯 중얼거렸다.

"진짜?"

"회의로 하루의 절반 이상을 보낸 것 같은데……."

용호가 기억하기로 한국 회사에서 상급자들이 한 일의 절반은 회의였다.

하루 종일 이곳저곳에 있는 회의에 불려 다니다 저녁부터 자신의 일을 했다. 야근을 할 수밖에 없는 구조였다.

때때로는 밤 12시에 회의가 잡혀 있는 경우도 있었다. 가히 미쳤다고밖에 할 수 없는 일정이었다.

"처음 회의는 전체 브리핑이기 때문에 길었던 건데… 이제 앞으로는 대부분 지라를 통해 진행될 거야. 아니면 오늘처럼 짧게 하고 끝나거나."

이제 더 이상 장기간의 마라톤 회의를 하지 않아도 된다는 사실에 용호가 안도의 한숨을 내쉬었다.

사무실로 돌아온 제시가 벽면 빼곡히 포스트잇을 붙이고 있었다. 이미 예전 신세기에서 경험했던 모습이기에 용호도 무엇을 하는지 정도는 알고 있었다.

'애자일 방법론인가 뭔가 하나 보네.'

용호는 회의적인 시각을 가지고 있었다. 어차피 제대로 사용하지도 못하고 결국 일정에 쫓겨 방법론은 무시될 것이라 생각했다.

이미 한 번 경험했던 일이었다. 이곳이라고 크게 다를 것이라 여기지 않았다.

"용호!"

칠판 앞에 서 있던 데이브가 용호를 불렀다. 앞으로의 일에 대한 기대감인지 기쁜 기색이 역력했다. 데이브의 손에는 제시가 전해준 포스트잇 한 장이 들려 있었다.

"나 일 받았어, 용호도 이제 시작해야지!"

데이브가 손에 든 포스트잇을 흔들며 말했다. 자그마한 포스트잇에는 해야 할 일이 빼곡히 적혀 있었다.

서비스 관련 스키마 설계 및 생성 스크립트 작성.

데이브가 들고 있던 포스트잇에 적힌 글을 확인한 용호가 제시에게 한 발자국 더 다가갔다.

칠판에 적혀 있는 글이 좀 더 자세히 보였다.

세로에는 해야 할 일, 하고 있는 일, 완료된 일이라고 적혀 있었고 가로에는 각 담당자들의 이름이 적혀 있었다.

칠판을 보고 있는 용호를 제시가 바라보았다.

"이번 프로젝트는 애자일 개발 방법론 중 스크럼이라는 것에 따라 진행될 거야."

"스크럼?"

용호는 얼핏 들어본 기억이 있는 것도 같았다. 그러나 명확하게 어떻게 진행되는 것인지는 알지 못했다.

"뭐, 개발자들은 크게 신경 쓸 것 없어. 자, 여기 네가 할 일."

제시가 넘겨준 포스트잇을 확인한 용호가 마른침을 삼켰다.

소프트웨어의 각 스택 결정 및 구조 설계.

"언제까지 될까?"

용호의 속마음도 모른 채 제시가 물어왔다.

"이, 이삼 일이면 되지 않을까?"

용호가 자신도 모르게 대답했다. 이미 회사 내에 형성된 이미지가 있었다. 그러한 이미지는 하루 이상의 시간을 끄는 것에 대한 거부감을 만들어냈다.

데이브가 비록 자신의 편이라고 하지만 회사를 이루는 구성원 모두가 데이브의 편은 아니었다.

데이브가 밀어주는 사람이 아닌 이용호라는 이름 석 자 그대로 존재하고 싶었다.

그랬기에 무슨 일이든 남들보다 빠르고 정확하게 해결해야 할 것 같은 강박이 용호를 지배하고 있었다.

그리고 그러한 강박이 일정을 촉박하게 만들었다.

"그래? 나는 한 일주일은 걸릴 거라 생각했는데 역시 용호는 다르구나."

제시가 고개를 끄덕이며 말할 때 용호는 후회를 하고 있었다. 후회로 한숨을 내쉬는 용호의 어깨로 팔 하나가 턱 하니 올라왔다.

"말했잖아, 용호는 다르다고."

속 편히 말하는 데이브에게 한마디 쏘아주고 싶었지만 꾸욱 참았다. 어찌 됐든 자신이 해야 할 일이었다.

'하아… 이번에는 뭐라 하고 부탁을 하지.'

제프에게 뭐라 말하고 부탁을 해야 할지 막막했다. 아직 용호는 소프트웨어를 제대로 설계해 본 적이 없었다. 항상 코딩을 하며 개발의 최전선에 있었다.

그나마 처음부터 끝까지 혼자 했던 것이 앱에 들어가는 작은 기능 개발 정도였다.

                    *   *   *

용호는 일단 제프의 회사 앞으로 찾아갔다. 당장 이틀 안에 문제를 해결하기 위해 가장 좋은 방법은 도서관을 가는 것이 아니라 바로 이곳에 오는 것이라 답을 내렸다.

"알려주세요."

"내가 왜. 지금 엄청 바쁜 시기야."

"제가 전에 어려운 문제 하나 해결해 드렸잖아요."

"그건 알고리즘 과외로 끝난 거 아닌가?"

"그럼 이렇게 하죠. 이번에도 제가 문제를 해결해 드리겠습니다."

제프가 의심스러운 눈치로 용호를 바라보았다. 이미 알고리즘 과외를 시켜주며 용호의 실력을 어느 정도 파악한 상태였다.

제프가 파악한 용호의 능력은 지난번의 문제를 해결한 게 기적에 가까운 일일 정도였다.

알고리즘이라는 것은 뛰어난 머리가 바탕이 되어야 한다. 빠르게 돌아가는 머리로 수학적인 문제를 풀어야 하는 것이다.

그러나 용호는 머리가 아닌 노력으로 문제를 풀었다.

그 과정을 알고리즘 과외를 하며 똑똑히 보았기에 제프에게는 용호가 성능 문제를 해결한 것이 미스터리에 가까운 일이었다.

"흠……."

"어차피 손해 보는 것도 없으시잖아요."

"내 소스를 보여준다는 것 자체가 손해인데?"

얄미운 제프의 말에 용호는 울컥했다. 그러나 현재 부탁을 하고 있는 철저한 을의 입장, 성질대로 할 수가 없었다.

옆에서 계속 사정을 하고 있는 용호가 딱했는지 조녀선이 한 마디 거들었다.

"제프, 한번 맡겨봐. 지난번에 프로토 타입으로 만들어둔 화면에서 자꾸 에러 난다고 하지 않았어?"

제프가 할 수 없다는 듯 웹 화면 하나를 용호에게 보여주었다.

"내가 여기에 몇 가지 라이브러리를 붙였는데 지금 계속 에러가 나서 사용하지를 못하고 있는 상태야. 우선순위가 낮아서 미뤄뒀는데 이걸 해결해 주면 네가 말한 설계 방법이나 조언 같은 걸 해주지."

죽어가던 용호의 안색이 단번에 밝아졌다. 혹시나 허락하지 않아 도서관에 가서 소프트웨어 공학 책을 봐야 하나 고민하고 있던 중이었다.

그렇지 않아도 최대한 잠을 줄인 채 생활하고 있었다. 피곤한 상태에서 책을 봐도 눈에 들어오지 않을 것 같았다.

"감사합니다. 사람 한 명 살린다고 생각해 주세요."

제프가 보여주는 화면 옆에 떠오르는 버그 창을 확인하며 용호가 말했다.

다행히 버그 창에는 안내 메시지가 떠올라 있었다.

"컴퓨터는 어떤 걸 쓰면 될까요?"

"얼마나 걸릴 것 같은데?"

"한 20분?"

제프의 의심은 더욱 깊어졌다. 자신도 1시간이 걸렸지만 해결하지 못했다. 여러 가지 라이브러리들이 의존성에 의해 얽히고설켜 있었다.

해결하기 위해서는 아마 라이브러리 자체를 수정하여야 할 것 같았기에 우선순위에서 미뤄둔 문제였다.

그런 문제를 용호는 단 20분이면 해결할 수 있을 것 같다며 호언장담하고 있었다.

"그러면 내 컴퓨터 써. 잠깐 자리를 비켜줄 테니까."

"그러면야 쉽죠."

제프가 자리를 비키자 용호가 메고 있던 가방을 옆에 내려놓고 웃옷을 벗어 걸쳤다.

그리고 두 팔을 걷어붙이고는 말했다.

"그럼 시작합니다!"

어차피 결과는 정해져 있다는 사실을 용호는 누구보다 잘 알고 있었다.

자리에 앉은 용호가 빠르게 타자를 쳐나갔다. 제프는 잠시 바람이라도 쐬러 나갔다 오려 했지만 그럴 수 없었다.

"제프! 다 됐습니다. 와서 봐주세요."

채 20분도 되지 않은 시간, 잠시 화장실을 다녀왔던 제프가 웃옷을 걸치려 하는 순간 용호가 문제를 해결했다며 제프를 불렀다.

*   *   *

"다했다고?"

제프의 말속에는 강한 불신이 담겨 있었다. 절대, 결단코 그럴 리가 없었다. 자신도 물론 버그를 해결할 수는 있었다. 그러나 이렇게 빨리 해결할 자신은 없었다.

제프는 당연히 용호가 몇 번 시도하다 포기하고 집으로 돌아갈 줄 알았다.

그간 과외를 한 정이 있기에 기회가 아닌 그저 이야기를 들어준 것뿐이었다.

그러나 다시금 들려오는 용호의 대답은 작금의 상황이 현실임을 알려주고 있었다.

"네. 한번 확인해 봐주세요."

용호는 테스트도 해보지 않은 채 말하고 있었다. 그 점이 더욱 제프를 놀라게 만들었다.

"제대로 코딩이 됐는지 해보지도 않고?"

"뭐, 확인해 보나 마나니까요."

용호가 부리는 약간의 건방짐은 철저히 실력에 기반을 두고 있었다. 제프는 믿기지가 않는지 재차 물어왔다.

"어떤 라이브러리가 사용됐는지는 알고 있는 거야?"

"보니까 웹 서버로 Nginx에 스프링이 사용됐고, ORM으로 mybatis를 사용했던데… 아닌가요?"

용호의 당당함에 제프는 더 이상 묻지 않았다. 앉아 있던 용호를 밀치고 서둘러 자리에 앉아 웹 서비스를 기동시켰다.

```
# service nginx restart
```

웹서비스가 정상적으로 구동되었다. 이제 실제 문제가 있는 페이지를 확인할 시간, 용호는 태연하기만 했다.

오히려 제프가 긴장하고 있는 듯 보였다.

용호는 아무 말도 하지 않고 있는 제프를 담담히 바라보았다.

'요즘 이런 표정을 많이 보네.'

제프의 표정은 여느 사람들과 크게 다르지 않았다. 놀란 듯 벌어진 입, 믿기지 않는다는 듯 흔들리는 동공이 용호가 많이 보던 표정이었다.

"……."

제프는 조용히 화면을 바라보았다. 분명 문제가 정확하게 해결되어 있었다. 자신도 하고자 하면 못할 건 없었다. 단지, 시간이 걸릴 뿐이었다. 더구나 이렇게 빠르게 해결할 자신은 없었다.

"어떻게 한 거야? 이렇게 빨리 될 수가 없을 텐데… 제대로 구동되는지 테스트도 안 한 상태에서……."

"웹 쪽을 많이 해봐서 그런지 조금 보니까 보이더라고요."

"그럴 리가……."

제프는 영 믿지 못하는 눈치였다. 그러나 이미 눈앞에서 벌어지고 있는 일이었기에 믿지 않을 도리도 없었다.

이런 일이 이미 용호에게는 익숙했다. 믿지 못하는 듯한 사람들의 반응을 한두 번 보는 것도 아니었다.

"어쨌든 문제를 해결해 드렸으니 어서 알려주시죠. 시간이 없습니다."

용호가 제프를 재촉했다. 이미 이틀 안에 해가겠다고 호언장담을 한 상태였다. 하루 이틀 늦는다고 별문제는 없겠지만 신뢰에 금이 갈 수 있었다.

한두 번이 쌓여 세네 번이 되고, 세네 번이 쌓이면 불신으로 연결되는 법, 용호는 최초의 한두 번도 쌓고 싶지 않았다.

제프는 내키지 않았지만 결과가 눈앞에서 떡하니 보이고 있는 상황, 할 수 없이 용호의 부탁을 들어줄 수밖에 없었다.

"기본 구조를 설계할 때 가장 중요한 건 '요구 사항을 전부 수용할 수 있는가'에 대한 답을 주어야 해."

용호는 제프의 말에 귀를 기울였다. 단어 하나, 문장 하나 놓치지 않겠다는 의지가 느껴졌다.

열의가 느껴지는 용호의 자세에 제프도 천천히 설명을 이어나갔다.

"가령 웹 서비스를 하는데, 소프트웨어 구조 설계에 웹 서버를 어떤 걸 사용할지 들어가 있지 않다면?"

"말이 안 되죠."

"그것처럼 해당 구조에 들어가 있는 소프트웨어들이 요구 사항을 만족시킬 수 있어야 해. 그다음으로 중요한 것이 효율성이지."

제프의 설명은 그 뒤로도 한동안 이어졌다.

요구 사항을 만족시키고, 몇 명의 사용자를 대상으로 서비스할 것인지에 따른 성능 고려, 그리고 각 소프트웨어 스택 간의 인터페이스는 어떻게 할지 등등이 고려 대상이었다.

*　　　　*　　　　*

　제프의 설명을 듣고 난 용호는 JIRA에 올라와 있는 요구 사항 정의서를 쭉 살펴보았다.

　기본 베이스는 케네스가 작성을 하고 하나씩 상의를 통해 최종 결정을 하는 방식이었다.

　현재까지 80% 정도가 진행되어 있었다.

　'일단 회사 서비스의 일부로 편입되는 거니 기본적으로 회사에서 사용하고 있는 소프트웨어 스택을 따라야 할 테고……'

　용호는 가장 밑바닥에 리눅스를 그려 넣었다.

　대부분의 서버가 리눅스라는 OS 위에서 동작한다. 이유는 다양했다. 공짜에, 가볍고(가장 큰 예로 용량을 들 수 있다), 오픈 소스 생태계를 가장 많이 지원했다.

　'그 위에 웹 서버를 올리고 같은 레벨로 디비는 MySql을 쓰면 되겠지. 사용자가 많을 테니까 쉽게 서버를 확장해 나갈 수 있도록 Docker로 해당 서버들 환경 설정을 코드로 작성할 수 있도록 하고……'

　하나씩 차근차근 구조를 설계해 나갔다. 물론 결과물은 한 장의 그림이 될 것이다.

어떤 소프트웨어를 사용할 것인지에 대한 전체적인 그림을 그리는 것, 그것이 바로 용호가 하고 있는 일이었다.

시간이 새벽을 넘어 동이 터오고 있었다. 용호는 머리를 쓸어내리며 괴로워했다.

'여기를 어떻게 채워 넣어야 하나⋯⋯.'

용호는 소프트웨어 구조의 한 부분을 빈칸으로 비워둔 채 고민하고 있었다. 어쩌면 이번 개발의 핵심이라 할 수도 있는 이미지 처리 부분이었다.

'이걸 뭐 내가 제대로 아는 게 있어야 쓰든지 하지⋯⋯.'

이미지, 동영상 처리와 같은 분야는 별도의 전문가가 필요했다. 아쉽게도 용호가 가지고 있는 능력에 해당 분야는 존재하지 않았다.

'도움받을 사람이 필요한데⋯⋯.'

딱 한 사람이 있었다.

나대방.

신세기에서도 대부분의 개발이 그를 통해 이루어졌다. 비록 처리 속도나 업로드된 이미지 효율 면에서 부족한 부분이 많이 보였으나 그래도 서비스 차원에서만 보면 충분히 성공적이었다.

'지금쯤 퇴근했겠지⋯⋯.'

용호가 핸드폰을 들어 결국 전화를 걸었다. 그러나 몇 번을 전화해도 받지 않았다.

'퇴사하면 끝이라더니……'

용호는 섭섭함에 의자에서 내려와 침대에 드러누웠다. 전화 전 가지고 있던 불안감이 현실이 되어 있었다.

회사 다닐 때는 그렇게 선배라고 하며 따르더니, 퇴사하고 나선 연락 한 번 없었다.

'오늘은 이만 자자……'

섭섭함에 피곤함이 더해져 지친 심신이 수마를 불러왔다. 용호는 자리에 눕자마자 코를 골며 잠에 빠져들었다.

*   *   *

갈색 가죽 소파가 거실을 가득 메우고 있었다. 간혹 장식으로 보이는 도자기와 그림들이 빈 곳을 채우고 있었다. 딱 보기에도 가격대가 상당해 보였다.

TV에서나 볼 수 있는 소위 있는 집 자식이 살고 있는 풍경이었다.

그곳에 덩치 큰 한 남자가 앉지도 못한 채 서 있었다.

나대방. 그였다.

나대방이 자리에 앉지도 않은 채 서 있었다. 나대방이 말을 할 때마다 가운데 앉아 있는 희끗한 머리를 가진 중년인의 인상은 딱딱하게 굳어져 가기만 했다.

"가겠습니다."

"신세기에서 요청이 들어왔다. 보내지 말아 달라고."

"제가 그런 말까지 들어야 합니까?"

"그러면… 어떤 말을 들을 테냐?"

"……."

나대방이 목구멍 끝까지 올라왔던 말을 다시 밀어내렸다. 나대방의 아버지 나선기는 이미 3선을 했을 만큼 국회에서 잔뼈가 굵은 인물이었다. 나대방이 어떤 말을 하고 싶은지 정도는 바로 알 수 있었다.

"다른 형제들처럼 잊고 살 수는 없는 것이냐?"

"보내주십시오. 그러면 노력이라도 해보겠습니다."

나대방의 태도는 진중했다. 두 손은 공손히 포개었고 눈빛에서는 간절함이 느껴졌다.

"정 그렇게 가고 싶다면… 가라."

그 말이 끝나자마자 나대방은 짐을 챙겨 내려왔다. 이미 준비는 마쳐놓은 상태였다.

"그러면 나중에 뵙겠습니다."

집을 나서는 나대방에게서 나선기는 눈을 떼지 못했다.

열 손가락 깨물어 아프지 않은 손가락이 없었다. 그러나 그 중 유독 아픈 손가락이 있었다.

나대방이 그랬다.

*   *   *

이틀 정도면 완성된다는 용호의 말에 자극을 받아서인지 데이브의 결과물도 이틀 만에 JIRA를 통해 올라왔다.

초기 버전이라는 말과 함께 올라온 결과물은 ERD(Entity Relationship Diagram : 데이터베이스 설계도)였다.

"벌써 다했어?"

"이미 회사에서 정의해 둔 테이블들이 있으니까. 그것들이 우리가 개발하려고 하는 서비스와 어떤 관계를 맺는지를 정의하니까 끝! 어때? 나 잘했지?"

데이브가 칭찬을 바라는 강아지처럼 용호의 앞에서 헥헥거렸다. 그러나 용호는 데이브를 칭찬해 줄 정신이 없었다.

아직 이미지 처리 부분의 설계를 제대로 끝마치지 못한 것이다.

'끝나고 제프한테라도 가야 하나……'

마지막 구명줄인 제프라고 해서 제대로 알고 있을 것 같지 않았다. 이미 리스트인을 통해 제프가 어느 쪽에 능력이 있는지 찾아보았다.

Algorithm, Software Design

다양한 능력들이 보였지만 위 두 가지가 가장 인상적이었다. 그랬기에 용호가 도움을 청했던 것이다. 그러나 아쉽게도 이미지나 동영상, 비전 관련 분야로는 등록해 놓은 보유 기술이 없었다.

아마 기본적인 상식 정도는 가지고 있을 것이다. 그러나 용호가 원하는 것은 상식이 아니라 전문가 수준의 지식이라는 것이 문제였다.

'일단 브래드에게 인원을 새롭게 뽑았는지 물어봐야겠어.'

오전 시간의 대부분은 데이브가 작성한 ERD에 대한 설명을 듣는 것으로 지나갔다. 다행히 엔터티(데이터가 담기는 논리적 그릇)가 몇 개 되지 않았기에 설명은 그리 오래 걸리지 않았다.

소파 옆에 놓아둔 핸드폰이 쉴 새 없이 울리고 있었다. 용호는 어젯밤의 밤샘 작업으로 점심을 먹고 잠시 잠을 청하는 중이었다.

드르륵. 드르륵.

많이 피곤했는지 쉽사리 잠에서 깨어나질 못했다.

탁!

그 모습을 보던 데이브가 막 바닥으로 떨어지려는 핸드폰을 중간에서 낚아챘다. 핸드폰 화면에는 회사 번호가 찍혀 있었다.

"용호 폰인데 무슨 일이세요?"

"아, 용호 씨를 찾아왔다는 사람이 있어서요."

전화를 받던 데이브가 용호를 흔들어 깨웠다. 잠에서 깨어난 용호는 잠결에 일어나 전화를 받은 채 회사 로비로 걸어 나갔다.

'예전에도 비슷한 일이 있었던 것 같은데……'

신세기에 다닐 때 데이브가 무작정 자신을 찾아온 기억이 오버랩되었다.

'데이브는 옆에 있고, 그렇다는 말은……'

자신이 알고 있는 사람들 중 딱 한 명, 데이브만큼 막무가내인 사람이 있었다.

'설마……'

긴가민가하며 회사 로비로 나가보았다. 면도도 제대로 하지 않아 덥수룩한 수염에 제임스 못지않은 덩치를 가진 남자 한 명이 서 있었다.

"선배님!"

용호를 발견한 나대방이 반가운지 휘적거리며 손을 흔들고 있었다. 상거지의 모습 때문에 주변을 지나가던 회사 사람들의 시선을 한 몸에 받고 있었다.

"나대방 씨?"

용호가 가까이 다가가서 확인해 보았다. 나대방이 맞았다. 나대방은 배낭용 백팩에 캐리어 하나를 끌고 서 있었다.

"제가 뭐라고 했습니까? 온다고 하지 않았습니까!"

나대방이 호탕하게 웃으며 말했다. 마침 용호도 나대방이 필요했던 상황이었다. 반가우면서도 한편으로는 당황스러웠다.

"그런데 전화는 왜 안 받으신 거예요? 그리고 제가 여기 있다는 건 어떻게 알고 오신 겁니까? 만약에 없었으면 어떻게 하려고요."

용호가 궁금했던 점을 빠르게 쏟아냈다. 나대방은 그런 용호의 질문에는 답하지 않은 채 배를 움켜쥐며 용호를 바라보았다.

"배가 고파서 그런데 밥 먼저 먹으면 안 될까요? 이왕이면 한식으로."

"하하……."

미국에서 만난 두 번째로 아는 사람이었다. 용호는 반가운 한편 여전한 그의 모습에 묘한 안도감을 느꼈다.

*   *   *

밥을 다 먹고 나서야 용호는 자세한 사정을 들을 수 있었다. 하나같이 믿기 힘든 이야기였다.

"만약에 내가 없거나 모르는 척했으면 어쩌려고 했어요?"

"여기는 회사도 아니니까 그냥 형님이라 불러도 되죠?"

나대방이 볼록 솟아 오른 배를 두드리며 커피를 한 모금 마셨다.

"되, 되죠."

"형님도 이제 말 편하게 하세요."

"그래. 그러자. 그런데 정말 여기까지 어쩐 일이야?"

용호는 진심으로 나대방이 왜 이곳까지 왔는지 궁금했다. 연고라도 있으면 모를까 하고 있는 꼴을 보니 그래 보이지도 않왔다.

"형님 보려고 왔죠."

"…실없는 소리 하지 말고."

"진짠데?"

이번에는 용호가 자리에서 일어나려 했다. 더 이상 흰소리를 하면 자리를 떠나겠다는 무언의 압박이었다.

막 의자에서 일어나던 용호의 팔을 나대방이 급하게 붙잡았다. 그러고는 얼굴 표정까지 싹 바꾼 채 말했다.

"정말입니다. 형님 보려고 이곳까지 온 겁니다. 제가 부모님께 배운 게 거의 없지만 그나마 한 가지 있다면 사람 보는 눈입니다."

나대방이 진지한 태도로 돌변하자 용호도 다시 자리에 앉으며 물었다.

"그래서?"

"제가 볼 때 형님이 엄청 똑똑한 것 같지는 않아요. 그런데… 또 어쩔 때 보면 천재처럼 느껴지기도 하고요."

나대방 스스로도 이해가 가지 않는지 말에는 힘이 없었다. 제프가 이해하고 있는 용호와 정확하게 일치했다.

그것이 사실이었다.

용호는 천재가 아니었다. 우연찮게 버그 창을 볼 수 있는 능력을 얻었을 뿐이다.

만약 이런 능력마저 없었다면 SI 판을 전전하다 그저 그런 개발자로 생을 마감했을 것이다.

"······."

"그런데 몇 가지 확실한 건 있어요. 믿을 만한 사람이다. 노력하는 사람이다. 선의를 가진 사람이다. 그리고 미래가 궁금한 사람이다. 형님이 엄청 천재는 아니지만 그래도 능력이 있는 건 사실이죠. 지금 형님이 딛고 있는 자리가 미국이라는 것만으로도 그걸 충분히 입증하고 있고요. 결정적으로 저는 형님이 이곳에서 멈출 거라 생각하지 않아요."

나대방은 자신이 생각하고 있는 바를 빠르게 말해 나갔다. 말을 할 때마다 시시각각 변해가는 용호의 표정이 볼만했다. 마치 자신의 아주 사적인 공간을 들킨 듯 부끄러워하다 또다시 이어지는 칭찬에 몸 둘 바를 몰라 했다.

"그래서 여기까지 왔다?"

"네. 형님이랑 같이 일하고 싶어서요."

"너도 참 대책 없다."

"뭐, 안 되면 스탠포드라도 가면 되죠."

"그게 쉽냐?"

"형님한테는 어려우려나?"

다시금 장난을 치는 나대방에게 용호는 꿀밤이라도 먹이고 싶었지만 그럴 수가 없었다. 삼국 시대 장비를 연상케 하는 덩치와 외모였다. 흑인들과 비교해 봐도 전혀 꿀리지 않았다.

"그나저나 혜진이는?"

용호는 나대방과 사귀고 있는 최혜진이 문득 떠올랐다. 설마 그냥 버리고 왔다면 정말 꿀밤이라도 한 대 때릴 생각이었다.

"어차피 형도 미국에 계속 있을 건 아니잖아요. 다시 돌아가서 만나야죠."

"마침 물어볼 것도 있어서 잘 오긴 했다만……."

잊고 있던 걱정이 슬며시 고개를 들었다. 보아하니 거처를 정하고 온 것 같지가 않았다. 자신을 믿고 왔다는 사람을 모른 척할 수도 없는 일이었다. 숙식 정도는 도움을 주는 것이 도리라 느껴졌다. 그렇다면 집에서부터 생활비까지 돈 들어갈 때가 한두 군데가 아니었다.

'흠… 연봉을 올려야 하나…….'

방법은 한 가지 있었다. 현재 받고 있는 12만 달러라는 연봉을 올려 받는 것이다. 취업 비자도 없는 나대방을 회사에 들일수는 없었기에 자신의 연봉을 올리고 일정 부분 떼어주는 것이 제일 합리적이라 여겨졌다.

*   *   *

일단 나대방을 데이브의 집으로 보낸 후 회사로 돌아온 용호는 바로 브래드에게 면담을 요청했다. 현재의 상황을 설명하고 연봉을 올려 달라 할 생각이었다.

그리고 일정 부분을 나대방에게 지급하는 식으로 일을 진행하려 했다.

어차피 이미지 처리 전문가도 구하지 못하고 있는 상황이었기에 회사에서도 제안을 수락할 것이라는 자신감이 있었다.

용호가 자세한 설명을 마치고 나자 브래드가 직접적으로 물어왔다.

　"그래서 얼마를 원하시는 겁니까?"

　"20만 달러면 괜찮을 것 같습니다."

　"그러면 이미지 처리 전문가는 뽑지 않아도 된다는 말씀이신 건가요?"

　"네."

　실리콘밸리의 평균 연봉이 10만 달러였다. 사람을 새롭게 한 명 뽑는 데 최소한 10만 달러는 필요하다는 말이었다.

　그러나 용호가 제시한 건 8만 달러 상승이었다. 더구나 이미 스스로의 능력을 입증함으로써 가치를 보인 상태였다.

　"무슨 말씀인지는 알아들었습니다. 일단 면접을 한 번 보고 결정해도 될까요?"

　브래드의 반응은 매우 긍정적이었다. 용호가 느끼기에 이미 뽑겠다는 생각을 기반에 두고 만나자고 하는 것 같았다.

　그런 용호의 생각은 면접 결과로 나타났다.

　다음 날 회사로 출근한 나대방은 용호를 보며 엄지를 치켜들었다.

　"역시, 형님 제가 뭐라고 했습니까?"

　나대방의 의기양양해하는 모습에 용호는 왠지 그를 괴롭히고 싶은 마음이 솟아오름을 느꼈다.

　"그럼 일 시작해야지?"

"회사 소개 같은 건 없습니까?"

"알바가 회사 소개는 무슨, 당장 내일까지 구조 설계를 끝내야 하니까 그것부터 시작해 보자고."

"······."

일을 하기로 한 마당이었기에 나대방은 조용히 컴퓨터 앞에 앉을 수밖에 없었다.

이미 신세기에서 라이브러리를 만든 경험을 가지고 있었다. 구조 설계는 과거 기억을 꺼내는 것으로 손쉽게 마무리되는 듯했다.

"그러니까, 지금보다 이미지의 용량을 줄이고 성능을 향상시켜야 한다는 말이죠?"

"거기에 사용자가 여덟 번이나 사진을 찍어야 하는 불편도 해결해야 돼."

"고민해 봐야겠지만··· 방법이 있을 것 같기도 하고······."

"지금도 신세기 서비스가 승승장구하고 있지만. 네 말을 종합해 보면 스토리지 비용만 해도 만만치 않을 거야. 거기에 만약 매출이 떨어지기라도 한다면 유지 비용은 계속 빠져나갈 테니 아마 서비스를 접을 수밖에 없는 상황이 올 수도 있겠지. 우린 그런 상황을 맞이하고 싶지 않아."

"하기야 그렇긴 하죠. 제가 나오기 전까지만 해도 수익의 20%가 스토리지 유지 비용에 들어가고 있어서 회사 내에서도 말이 많았어요. 사용자들이 사진 찍는 게 불편하다는 불만 사항도 꽤 있었고요."

"그러니까 그 두 가지를 우선 해결해야 돼. 거기에 8장의 이미지를 하나로 합쳐서 360도로 보이게 하는 변환 과정의 속도를 빠르게 한다면 금상첨화겠지."

"무슨 말인지 충분히 알아들었습니다."

"혹시나 버그가 생기면 나한테 말하고, 하다가 모르는 점이 있어도 회사 내 전문가들이랑 만나게 해준다고 했으니까 너무 걱정하지는 말고."

용호가 나대방의 어깨를 두드리며 말했다. 최고의 회사를 다니는 이유 중 하나는 실력 있는 사람을 쉽게 만날 수 있다는 점도 있었다.

용호는 그 점을 적극 활용할 생각이었다.

*　　　　*　　　　*

리눅스 위에 도커라는 컨테이너를 얹고 그 안에 Nginx라는 웹 서버를 넣기로 결정하였다.

DB는 MySQL과 NoSQL을 병행해서 사용하고 웹 서버에 올릴 웹 애플리케이션은 자바로 개발하기로 최종 확정하였다.

거기에 나대방이 개발할 라이브러리를 추가하는 그림이 그려졌다. 소프트웨어 구조가 어떻게 될지 결정되자 이제는 실제 구현을 위한 설계가 시작되었다.

'미리 클래스를 결정하고 각 클래스에 대한 기능 설명을 해

야 한다니……'

자바라는 언어로 코딩을 하기 위해 xxx.java라는 파일을 만들어야 했다.

클래스는 xxx.java라는 파일을 논리적으로 부르는 이름이었다. 이런 클래스 안에 메소드와 변수 등이 기술되는 것이다.

클래스가 어떤 기능을 하는지 결정이 되어야 기본적으로 메소드와 변수를 설계할 수 있었다.

'최대한 자세히 적어야겠지.'

물론 코딩을 직접 하면서 클래스를 만들어 나갈 수도 있었다. 그러나 이건 마치 설계 도면 없이 건축물을 만드는 행위와 똑같았다.

설계 도면도 없이 만들어진 건축물의 최종 형태가 어떨지는 굳이 상상하지 않아도 알 것이다.

용호는 지금껏 한국에서 했던 경험에 이곳에서 확인한 개발 관련 문서들을 떠올리며 하나씩 적어나갔다.

'별로 상세하게 적어놓지는 않았네.'

용호가 보기에 이곳에서 적어놓은 설계 문서는 너무 허술했다. 한국에서 작업할 때는 클래스 기능에 대한 상세 설명이 A4 한 장 이상을 가득 메우고 있었다.

클래스에 들어가는 각 기능과 그에 대한 설명, 그리고 주요 변수들에 대한 설명만으로도 A4 한 장을 넘기는 것이다.

그렇게 작성하다 보면 웬만한 설계 문서는 보통 100장을 넘어가고는 했다.

'설계 문서를 개발 초기에 작성하는 게 어다냐.'

때로는 개발을 완료하고 나서 설계 문서를 작성하는 경우도 있었다.

이른바 SI라는 산업에서 일할 때 마지막 단계는 감리였다. 감리에서 하는 것이 코드와 문서 점검이었는데 코드보다는 문서 점검에 치중했었다.

용호는 개발이 다 끝나고 감리를 받을 때가 되서야 설계 문서를 부랴부랴 만들던 기억이 어렴풋이 생각났다.

'그때에 비하면 양반이지.'

정신없이 UML을 그려가며 각 클래스에 대한 설명을 적어나가던 용호의 등 뒤로 시커먼 그림자가 드리웠다.

그러고는 바위 같은 얼굴이 쑥 들어왔다.

"제, 제임스, 무슨 일이야?"

제임스 옆에는 나대방이 서 있었다. 덩치 큰 두 명이 함께 서 있으니 마치 장승을 보는 듯했다.

"이 친구 자꾸 따라온다."

"알았어, 내가 말해줄게."

용호의 대답에도 제임스는 할 말이 있는지 머뭇거리며 자리를 떠나지 않았다.

그런 모습이 흔치 않았기에 용호가 물었다.

"왜? 뭐 할 말 있어?"

"용호가 하는 설계 너무 복잡하다. 실용적이지 않다."

"……"

"UML(Unified Modeling Language : 설계 시 이용하는 언어) 너무 복잡하다. 수정하다가 날 샌다. 차라리 칠판에 그리는 게 낫다. 상식적인 내용까지 굳이 문서에 적을 필요 없다."

제임스가 말을 이어나가자 뭐 재미난 게 없나 찾아보던 데이브가 먹이를 찾았다는 듯 용호의 자리로 날듯이 뛰어왔다.

"어? 뭐야, 용호가 설계한 거야?"

"으, 응."

"근데 엄청 자세하게 그려놨네. 만약 중간에 수정 사항이 생기면 어떻게 하려고."

용호가 보고 있는 화면에는 사각형의 박스가 촘촘하게 그려져 있었다. 사각형 박스 간의 연관 관계를 표현하기 위해 박스 사이사이로 빽빽하게 선이 그려져 있었다.

1㎝의 틈도 보이지가 않았다. 너무 자세하게 그리다 보니 화면이 마치 시커먼 먹물을 뿌려놓은 듯했다.

"그, 그런가. 나는 이렇게 해왔는데."

"가장 중요한 건 요구 사항에 따라서 컴포넌트(중요 기능의 집합)를 잘 나누는 건데… 이래서야 복잡하기만 한 것 같은데."

"……."

데이브의 말에 용호는 아무 말도 할 수 없었다. 정신없이 UML을 그리고 문서를 작성해 나가면서 컴포넌트에 대한 고려는 전혀 하지 않았다.

"다시… 하는 게 좋지 않을까?"

데이브가 조심스럽게 말했다. 지금까지 용호의 노력이 물거

품이 되는 말이었다. 화면은 하얀색 틈이 보이지 않을 만큼 시커멓게 각종 선들과 사각형의 박스들이 차지하고 있었다.

하지만 받아들일 건 받아들여야 했다.

잘못된 방식을 고집하는 건 소위 꼰대들이나 하는 짓이다. 용호는 이곳에 처음 도착했을 때의 초심을 떠올렸다.

하나라도 더 배우자.

"그, 그래."

용호가 힘겹게 말했다. 속이 쓰린 건 어쩔 수 없었다. 다행히 지금껏 만든 것을 모두 지울 필요까지는 없었다.

"완전히 다시 할 필요는 없고 이걸 재활용해서 컴포넌트별로 분류를 하고… 여기다 그리면 수정하기 힘드니까 저기 넓은 칠판에 옮겨 그리면 될 것 같은데 어때?"

"알았어. 그렇게 해볼게."

"자, 그러면 뽑아줘."

"응?"

"같이해야지. 벌써 저녁 시간인데 언제 다 하고 집에 가려고."

"……."

당연하다는 듯 데이브가 말했다. 특히나 개인주의가 심한 곳이었다. 자신의 일만 마치면 남의 일은 신경도 쓰지 않았다.

"형님, 저도 있습니다."

"나도 있다."

나대방에 제임스까지, 야근을 짐작했는지 제시가 저 멀리서 두 손 가득 커피를 사들고 사무실 입구로 들어서고 있었다.

가슴이 먹먹했다.

앞으로도 계속 이 친구들과 함께하고 싶었다.

Chapter 3
고마움을 넘어서

'이런 게 사람 사는 거구나……'

뭉치니 일은 빠르게 진행되었다. 고마운 건 회사 동료들이었지만, 그 순간 생각나는 사람은 그들이 아니었다.

용호가 아니라는 듯 고개를 저어 보았다.

그래도 생각이 났다.

'소현 누나네 한번 가볼까.'

곰곰이 과거 기억을 더듬어보니 항상 먼저 와서 기다린 적은 있었지만 자신이 간 적은 없었다.

동료들의 도움을 받는 와중에 머릿속에 떠오른 유소현의 얼굴이 떠나가질 않았다.

'아마도 학교에 있겠지.'

유소현이 집에 가는 시간은 용호가 집에 돌아가는 시간과 크게 다르지 않았다. 용호가 회사에서 잘 때를 빼고는 대부분 비슷하게 집에 돌아가곤 했다. 그만큼 스탠포드의 커리큘럼은 녹록지 않았다.

'집에 가는 길에 내려달라고 해야겠어.'

아직 용호는 차를 장만하지 못했다. 월세 집이라도 구한 후에 차를 마련할 생각이었다.

일단 당분간 데이브의 집 거실에 머물기로 한 나대방이 있다는 사실을 깜박했다. 밤늦은 시각. 스탠포드 대학 앞에서 내리는 이유를 나대방은 빠르게 알아차렸다.

"형님 파이팅!"

파이팅 포즈까지 취하며 하는 말이 그렇게 얄미울 수가 없었다. 갑자기 생각나서 찾아온 것이지 나대방이 생각하는 그런 관계는 아니었다.

'연락을 안 하고 왔는데 학교에 있으려나……'

용호가 걱정 반, 기대 반으로 발걸음을 옮겼다. 컴컴한 밤을 스탠포드의 가로등이 밝히고 있었다.

유소현을 만난 건 학내 도서관 앞이었다. 처음 마주쳤을 때와 같이 후드 티에 안경을 끼고 있었다.

화장기 하나 없는 그 모습이 용호에게는 오히려 더 매력적으로 다가왔다.

"여기까지 웬일이야!"

진심으로 놀란 듯 팔까지 벌리며 과장된 행동을 보여왔다. 용호는 아무렇지 않은 척 커피를 내밀었다.

"그냥, 공부 잘하고 있나 감시하려고 왔죠."

"뭐?"

"생각해 보니까 제가 온 적이 없는 것 같아서요."

차마 입에서 '누나'라는 말이 떨어지지 않아 아예 빼버렸다. 유소현은 그런 것도 느끼지 못했는지 여전히 눈을 동그랗게 뜬 채 용호를 바라볼 뿐이었다.

후드티에 안경, 화장기 하나 없는 도화지 같은 얼굴, 편하게 입은 듯한 청바지. 마치 대학생이라 해도 믿을 만한 모습이었다. 매일 같은 야근에 찌든 용호보다 어려 보였다.

유소현의 하얀 볼에 달빛이 비칠 때마다 몇 번이나 볼에 손을 가져다 댈 뻔했다.

"학교는 어때요?"

"이제 곧 졸업이라 바쁘지……."

유소현은 하늘에 떠 있는 달을 보며 한숨지었다. 유소현이 등록한 건 스탠포드 MBA였다. D 스쿨은 따로 입학이나 졸업이 존재하는 것이 아니었다. 그저 수료만이 있을 뿐이다.

그랬기에 D 스쿨을 듣기 위해서는 스탠포드를 다녀야 했다. 그래서 등록한 것이 MBA, 과거 신세계에서 디자인 팀장으로 생활하며 디자인만 잘해서는 살아남을 수 없다는 생각에 등록한 과정이었다.

연간 등록금에 생활비까지 하면 1억이 넘는 돈이 들어가고 있었다. 더군다나 유소현처럼 특이하게 MBA 과정을 밟으며 디자인 스쿨도 듣는 학생은 없었다.

딱히 상의할 친구도 없는 상황이었기에 진로에 대한 고민이 깊어질 수밖에 없었다.

"능력이 있으니까, 뭘 하든 잘할 거예요."

이번에도 '누나'라는 말은 빠져 있었다. 용호의 말에 유소현의 표정이 씁쓸해져 갔다.

뭔가 잘 풀리지 않는 듯 그늘이 져 있었다.

"뭐, 쉽지는 않네. 디자인이라는 게 답이 정해진 게 아니니까."

프로그래밍은 명확하다. 문제가 발생하면 그 문제를 풀기만 하면 능력을 인정받는다.

디자인과 같은 예술은 매우 불명확하다. 주관적이고, 쉽게 판단을 내릴 수도 없다.

A라는 사람에게 좋아 보이는 디자인이 B에게는 전혀 그렇지 않아 보일 수도 있었다.

유소현의 한숨에 용호는 아무런 조언도 할 수 없었다. 디자인에 대해서는 문외한이나 마찬가지인 사람이 조언 같은 걸 할 수 있을 리 없었다.

그러나 다른 것은 할 수 있었다.

"그, 그래도 MBA까지 다니셨으니까… 혹시 정 안 되면 제가 책임질게요."

"응?"

순간 용호가 머리를 벅벅 긁으며 말했다.

"어차피 능력이야 제가 잘 알고 있으니까, 다닐 만한 회사를 제가 찾아봐 줄게요. 너무 걱정 마시라고요."

"네가? 말이라도 고맙네. 그리고 내가 말 편하게 하라고 했지! 언제까지 그렇게 딱딱하게 굴 거야."

갑자기 치고 들어오는 용호의 태도가 어색했는지 유소현이 말을 돌렸다.

"그러지 뭐."

"자, 잘하네."

오히려 용호가 강하게 나가자 유소현이 더듬거렸다. 둘이 대화를 나누는 사이 시간은 더욱 늦어져 새벽 1시를 향해 가고 있었다.

"이제 갈까?"

"으, 응"

핸드폰으로 시간을 확인한 용호가 먼저 자리에서 일어났다. 용호가 벤치에서 일어나자 자연스레 유소현이 그 뒤를 따랐다.

용호가 앞서가고 유소현이 뒤를 따르는 상황이 연출되었다. 그러나 운전자는 유소현, 용호는 옆에서 조용히 안전벨트를 멜 수밖에 없었다.

'취업이 걱정인 것 같은데……'

유소현을 만나고 집으로 돌아와서도 그 생각이 머리를 떠나 가질 않았다.

걱정과 근심이 가득해 보이던 그 모습이 뇌리에 박혀 쉽사리 잊을 수가 없었다.

'흠……'

고민에 고민을 거듭하다 보니 뭔가 좋은 생각이 떠오를 것도 같았다. 왠지 자신이 한 가지 잊고 있는 사실이 있는 것 같았다.

'뭐였더라……'

가만히 누워 생각하다 보니 한 인물이 떠올랐다.

'그래, 제프 회사에 조너선이 있었지.'

번뜩 스쳐 지나가는 인물은 조너선 하이브였다. 쿠글에서 개최했던 디자인 어워드에서 상을 받았던 인물로, 유소현의 말에 따르면 디자인 업계의 거목이었다.

용호는 나름 제프에게 인정을 받고 있었다. 비록 미스터리한 실력이지만 결과를 보여주고 있다는 것이 중요했다.

지금껏 보여준 결과만으로도 제프가 용호의 말을 한 번쯤 들어볼 가능성은 충분했다.

미국은 추천서의 나라. 용호가 데이브의 추천을 받아 이곳에 있듯이 용호는 유소현을 한번 추천해 볼 생각이었다.

*   *   *

다행히 용호의 말이 먹혀 들어갔다. 제프는 여전히 탐탁지 않은 듯 툴툴거렸지만 용호의 제안을 거절하지 않았다.

용호에 대한 기본적인 신뢰도 한몫했지만 그보다 유소현 그 자체의 능력도 상당한 영향을 끼쳤다.

면접 일정은 빠르게 잡혔다. 유소현도 슬슬 졸업이 다가오는 시기, 용호의 말에 뛸 듯이 기뻐했다.

"스탠포드 MBA를 다닌다고요?"

"네, MBA를 다니면서 스탠포드 D 스쿨에 다니고 있습니다."

"하필이면 왜 MBA를 갔을까요? 다른 디자인 전문학교도 많을 텐데……."

조너선은 유소현이 면접 전에 보낸 이력서에서 눈을 떼지 않았다. 매우 특이한 이력이었다. 디자이너가 MBA를 다닌다는 말은 아직 들어보질 못했다.

어차피 거짓말을 해봤자 아무 소용이 없다는 사실을 알고 있기에 유소현은 솔직하게 이야기해 나갔다.

"이력서에 나와 있듯이 신세기에서 팀장을 하며 인사 관리나 회사의 사정에 대해서 디자이너도 알아야 한다는 생각으로 등록했습니다. 마침 스탠포드는 D 스쿨도 있기 때문에 더욱 적합하다고 생각했습니다."

유소현의 대답이 마음에 드는지 조너선이 자그맣게 고개를 끄덕였다. 아무리 취업이 어렵다지만 스탠포드 MBA의 취업률은 70%를 넘어서고 있었다.

유소현 같은 인재가 제 발로 들어와 준 것이 조녀선의 입장에서는 고마울 뿐이었다.

더구나 실무 경험까지 있는 인물이었기에 어느 정도 마음을 정해놓고 진행하는 면접이었다.

그 뒤로 면접은 빠르게 마무리가 되어갔다.

면접이 잘 진행되었는지 조녀선과 유소현이 화기애애한 분위기로 회의실을 나오고 있었다. 평소 조녀선의 팬이었기에 유소현의 표정은 더할 나위 없이 밝아 보였다.

밖에서 마음을 졸이며 기다리던 용호가 허탈해할 만큼 즐거워 보였다.

다른 사람을 보며 웃고 있는 모습에 마음 한구석이 시큰거렸지만 티 내지 않고 물어보았다.

"어떻게, 이야기는 잘됐어요?"

"팀원들과 이야기를 한번 나눠봐야 알겠지만… 크게 이변은 없을 것 같은데?"

조녀선이 예의 묘한 미소를 지으며 대답했다. 제프와 조녀선이 하고 있는 것은 비디오 스트리밍 압축 관련 스타트 업이었다.

스타트 업인 만큼 크지 않은 사무실이었기에 회의실을 나오는 둘에게 모두의 시선이 쏠려 있었다. 이미 유소현의 이력서를 확인했는지 하나같이 호의적인 표정들이 역력했다.

"감사합니다."

유소현이 다시 감사 인사를 하며 밝은 웃음을 지어 보였다. 연봉도 수긍이 될 만한 액수가 오고 갔다.

그때까지도 자리에 앉아 있던 제프가 불쑥 끼어들었다.

"정말 뽑으려고? 용호 추천이라 의심스러운데……."

제프의 퉁명스러운 말은 아무도 신경 쓰지 않았다. 그 순간에도 용호는 유소현의 환한 얼굴을 보고 있었다.

*　　　*　　　*

Vdec을 나온 뒤 살갑던 용호의 말투가 어딘지 모르게 무뚝뚝하게 변해 있었다.

"다행이네, 잘돼서."

"아직 고맙다는 인사도 제대로 못해서 어떡해."

"아니 뭐, 그럴 수도 있지."

"아니야, 정말 너무 고마워."

회사를 나와 계단을 내려갈 때도 용호는 앞서 걸어갔다. 뒤에서 쫓아가던 유소현이 다급히 용호를 불렀다.

"야, 좀 천천히 가."

"어, 그, 그래."

그제야 정신이 드는지 용호가 발걸음을 늦추었다. 이제 둘의 어깨 높이가 나란해졌다. 옆으로 다가온 유소현의 얼굴이 자신의 목 근처까지 오자 용호는 다행이라는 생각이 들었다.

'조녀선은 키도 크니까.'

방금 전의 상황이 머릿속에서 다시 돌아갔다. 탄탄해 보이는 어깨에 길쭉한 다리는 용호가 보기에도 멋스러웠다.

그 품에 유소현이 안겨 있어도 전혀 어색한 그림이 아니었다.

"뭐야, 무슨 일 있어?"

오늘따라 유독 이상했던지 유소현이 궁금함을 참지 못하고 물어왔다.

용호는 아직 확실하지 않은 자신의 마음을 애써 밀어내며 태연한 척 대답했다.

"없어. 내가 말했지? 책임진다고. 밥이나 사세요!"

쿵.

유소현이 발을 헛디뎠는지 계단 한편으로 넘어질 듯 휘청거렸다. 면접을 위해 신고 왔던 하이힐이 문제였다. 한쪽 굽이 계단 끝 부분에 걸려 있었다.

용호가 급히 유소현을 부축하며 물어왔다.

"괜찮아?"

"으, 응."

이번에는 유소현의 분위기가 심상치 않았다. 무뚝뚝하던 용호가 평상시로 돌아온 반면 유소현이 부끄러워하고 있었다.

홍조로 물들어 있는 유소현의 표정은 보지 못한 채 용호는 어디 다친 데는 없는지 몸 구석구석을 살폈다.

면접을 보기 위해 오피스 룩에 하이힐, 그리고 진하지는 않지만 옅은 화장에 향수까지 뿌린 상태였다.

약간 웨이브진 머리에서는 향긋한 샴푸 냄새가 흘러나왔다.

신세기 디자인 팀장으로 재직할 때의 모습이 완벽하게 재현
되어 있었다.

두근.

발을 헛디뎌서 그런지 유소현의 심장이 빠르게 뛰기 시작했다.

"진짜 괜찮아? 발목이 살짝 부은 것 같기도 한데."

용호가 걱정스러운 듯 무릎을 굽히고 유소현의 발목을 집중
적으로 살폈다.

혹시나 접질렀는지 살펴보기 위해 손을 가져다 대고 이리저
리 쓰다듬고 있었다.

두근. 두근.

살과 살이 스칠 때마다 심장이 더욱 빠르게 뛰기 시작했다.
유소현은 이제 그만하면 됐다고 괜찮다고 하고 싶었지만 생각
만으로 그쳤다.

"정말 괜찮은 거지?"

염려가 가득한 목소리가 총알처럼 유소현의 귀로 들어와 뇌
를 가로질러 나갔다.

퍼엉.

심장은 터져 나갈 듯 두근거렸고, 머리는 총 맞은 것처럼 마
비되었다.

둑이 터지자 쌓여 있던 감정들이 물밀 듯이 밀려들어 왔다.
겨우 막고 있던 둑이 염려스러운 말 한마디에 뚫려 버릴 줄은
유소현도 예상하지 못했다.

감정의 파도로 인한 동요를 감추기 위해 유소현은 발걸음을

빨리했다.

"가, 같이 가!"

용호가 그 뒤를 따라가며 외쳤다.

*   *   *

오늘같이 기쁜 날 가기 위해 아껴둔 집이었다. 유소현은 용호를 샌프란시스코 오클랜드 베이 브리지가 보이는 한 식당으로 데려갔다.

면접이 끝나고 막 저녁 식사 시간이 시작되려는 시간이었다. 유소현은 면접의 결과가 어찌 되었든 올 생각이었는지 미리 예약까지 한 상태였다.

"여기 너무 비싼 거 아냐?"

"오늘 하루는 먹어도 괜찮을 것 같아서."

웨이터는 둘을 창가 쪽 자리로 안내해 주었다. 창가 너머로 샌프란시스코와 오클랜드를 잇기 위한 다리가 조명을 밝히고 있었다.

바다가 육지 속으로 파고들어 와 있는 만, 그 위에서 반짝이는 불빛들이 용호도, 유소현도 취하게 만들었다.

한 잔 술도 입에 대지 않았지만 이미 분위기에 취해 버렸다.

음식이 하나둘씩 나오고 언제 주문했는지 와인도 한 잔씩 식탁 위에 올려졌다.

"먹어도 괜찮겠어?"

"어차피 네가 책임져 줄 거잖아."

유소현의 당당한 말에 당황한 것은 용호였다. 자신이 할 때는 몰랐는데 막상 듣고 나니 어찌할 바를 몰랐다.

이럴 때는 명확한 답이 있는 프로그래밍이 쉽게 느껴졌다. 아무런 감정이 없는 여자를 대할 때처럼 편하게 생각되지가 않았다.

용호가 아무 말이 없자 유소현이 빠르게 말을 이었다.

"괜찮아. 어차피 분위기만 내는 거야."

그러고는 이내 한 모금 입에 머금었다. 여전히 용호는 걱정스러움을 감추지 못했지만 유소현은 태연하기만 했다.

그럴 수밖에 없는 것이 유소현이 주문한 건 무알코올 와인이었다. 이미 주문이 들어가 있었기에 와인의 종류를 모르는 용호로서는 무알코올인지는 생각도 하지 못했다.

"벌써 이 년이네."

유소현이 조용히 읊조렸다. 용호가 오기 전, 이미 미국에 와 있었다. 그랬기에 유소현의 미국 생활은 이 년은 다 되어가고 있었다.

용호도 이제 일 년이 다 되어가고 있었다.

'그러고 보니 정단비 팀장님이 1년을 기다린다고 했는데 잘 계시는지 모르겠네.'

불빛들이 춤을 추는 다리를 바라보며 용호는 한국에서 했던 생활을 추억했다.

그 모습을 물끄러미 바라보던 유소현이 툭 던졌다.

"무슨 생각을 그렇게 해?"

마치 잘못을 한 것처럼 용호가 화들짝 놀라며 손사래를 쳤다. 유소현이 눈을 가늘게 뜨며 정곡을 찔러왔다.

"여자 생각하지?"

도사도 이런 도사가 없었다. 더 큰 의심을 살까 용호가 서둘러 대답했다.

"어, 엄마 생각했어. 한국에서 얼마나 쓸쓸하실까 걱정이 돼서."

유소현도 그 말에 동의하는지 창밖 너머로 시선을 돌렸다.

"나도 엄마 보고 싶다."

이번에는 용호가 유소현을 물끄러미 바라보았다. 달빛이 샘이 나는지 유소현의 볼을 때리고 있었다.

그러나 그건 달빛의 실수였다. 유소현의 볼에 부딪친 달빛이 공중으로 비산하며 오히려 몽환적인 분위기를 풍기고 있었다.

반짝이는 빛 알갱이들이 유소현의 주변을 머물며 용호를 끌어당기고 있었다.

저도 모르게 용호의 몸이 앞쪽으로 더욱 쏠렸다.

"뭐, 뭐야?"

갑자기 얼굴을 내미는 용호를 보며 놀란 유소현이 말했다. 순간 용호의 머릿속에서 무수한 말들이 떠올랐다가 사라졌다.

그중 유독 머릿속에 맴도는 단어가 하나 있었다.

그러나 입을 통해 나온 말은 그 말이 아니었다.

"나를 엄마라 생각하라고."

"실없기는……."

분위기를 깨는 용호의 말에 유소현은 더 이상 대꾸하지 않았다. 그러고는 말없이 다시 와인을 한 모금 머금었다. 다시 자세를 바로 한 용호 역시 붉은색 와인을 입에 털어 넣었다.

씁쓸함이 밀려왔다.

　　　　*　　　　*　　　　*

제시는 일은 하지 않은 채 회사에서 게임을 하고 있는 데이브를 소리 높여 불렀다.

"데이브!"

그러나 데이브는 고개도 돌리지 않은 채 게임에 열중했다. 들리지 않을 만한 것이, 머리에는 헤드셋을 끼고 있었다.

검은색 바탕에 빨간색 B 로고가 선명하게 박혀 있는 제품이었다.

제시가 데이브의 헤드폰을 거칠게 벗겨냈다.

"게임 그만하고 집에 가자고!"

"어?"

"하아……."

"잠깐 이것만 하고, 지금 다 이겨가던 중이란 말야."

"데이브……."

길게 한숨을 내쉰 제시가 나지막이 데이브를 불렀다. 그런 제시의 말투에 데이브가 움찔하며 잽싸게 게임을 종료시켰다.

"아, 알았어. 가자! 집으로!"

"제프한테서 연락 왔어. 언제 한번 밥이라도 같이 먹자더라."

"……."

"그래도 돼?"

"굳이 나한테 물어볼 건 없지 않아?"

"모르겠다. 정말 모르겠어. 도대체 뭐가 문제인 걸까."

"항상 고마워."

"끝이야?"

데이브가 말이 없자 제시는 빠르게 돌아섰다. 돌아서는 제시를 데이브가 붙잡으려는 듯 손을 뻗었지만 허공만 움켜쥘 뿐이었다. 그 모습을 제시는 보지 못한 채 빠르게 사무실을 벗어났다.

*　　　　*　　　　*

아침부터 사무실에 감도는 냉랭한 기운에 용호가 몸을 움츠렸다.

"뭔데, 갑자기 왜 저래."

"내가 얼마나 힘든지 알겠지?"

데이브가 울상을 지어 보였다. 한두 번 있는 일도 아니었기에 용호는 이내 관심을 끄려 했다.

"용호, 여자는 도대체 어떤 생물인 걸까?"

데이브는 도통 모르겠다는 듯 슬며시 제시를 가리키며 말했다. 그러나 뒤에도 눈이 달렸는지 제시가 소리쳤다.

"데이브! 회의 들어와!"

성난 제시의 말에 데이브만이 아닌 팀원 모두 회의실로 집결했다.

스크럼이라는 방법에서 권하는 대로 팀은 매일 십오 분가량 회의를 진행했다.

바로 그 회의 시간이었다.

각 분야의 책임자들이 모두 모여 있었다. 이미 JIRA를 통해 오늘 회의 내용은 어느 정도 공유가 되어 있는 상태였다. 그랬기에 브래드의 말에도 큰 반발은 일어나지 않았다.

"이제 설계도 어느 정도 끝이 났으니 본격적인 구현에 들어가도록 하죠."

브래드가 책상에 두 손을 짚은 채 말했다. 한국 같았으면 지금쯤 이곳저곳에서 곡소리가 나왔을 것이다. 아직 시간이 부족하다, 이 부분이 안 되었다, 저 부분이 안 되었다.

그러나 이곳은 그렇지 않았다. 마치 톱니바퀴가 정확하게 맞물리듯 일이 굴러가고 있었다.

구현을 하기 위해서는 코딩이 필요했다.

코딩은 용호의 전문 분야, 그의 시간이었다.

이미 각종 기본적인 개발 환경은 세팅이 되어 있었다. 손석호와 프로젝트를 진행할 때만 써보았던 CI(빌드, 테스트, 배포를 자동화할 수 있는 기능을 가짐) 서버, 상용 IDE인 IntelliJ까지 준비되어 있었다.

특히나 IntelliJ 같은 경우에는 기업용의 경우 돈을 지불해야 했다.

한국에서는 돈이 들어가는 것에 극도로 예민했다. 어떤 곳은 상용 소프트웨어를 불법으로 다운로드해 사용하라고 시켰다. 프로그램을 개발해서 먹고사는 사람들에게 불법으로 상용 프로그램을 다운로드하라고 시키는 것이다.

문화의 차이가 곧 능력, 그리고 경쟁력의 차이로 나타났다.

이곳은 달랐다.

돈이 들어가도 생산성이 올라간다면 여지없이 구매할 수 있도록 해주었다. 개발에 관련된 툴은 필요하기만 하다면 액수에 제한이 없었다.

'한번 시작해 볼까.'

용호가 손에 깍지를 낀 채 두 팔을 위로 들어 올리며 스트레칭을 했다. 코딩을 하기 전 준비 운동이었다.

코딩은 용호가 가장 잘할 수 있는 전문 분야였다. 설계도, 알고리즘도 결국에는 코딩이라는 행위를 통해 프로그램으로 완성된다.

그는 이내 두 손을 키보드 위에 올려놓았다.

모니터에 자바 언어로 된 하나의 예술 작품이 써지기 시작했다.

용호가 맡은 분야는 서버 사이드였다. 사용자와 일차적 접점이 되는 클라이언트인 앱이나 웹 화면 개발에는 다른 프로그래머가 투입되었다.

그리고 그들을 총괄하는 임무가 용호에게 주어졌다. 연봉이 오르고 능력이 인정된 만큼 바로 더 큰 책임이 있는 자리로 올라간다.

연차가 쌓이길 기다려야 하는 한국과는 다른 문화였다.

능력 중심.

용호는 부담스럽기도 했지만 다른 한편으로는 뿌듯하기도 했다.

연봉과 중요한 직책

가장 확실한 동기부여였다.

프로그래머들을 총괄하는 데 있어 가장 중요한 것은 코드 리뷰였다. 각 프로그래머들이 작성한 코드에 문제가 없는지에 대한 코멘트를 용호가 달아야 했다.

마침 코드 리뷰를 신청한 알람이 도착해 있었다. 이미 손석호와 함께 정신이 가출을 할 정도로 코드 리뷰를 한 적이 있었다.

코드에 관해서라면 이제 그 누구보다 잘 안다고 자부할 수 있었다. 비록 알고리즘을 잘 몰라도, 설계를 잘 몰라도, 이미지 처리를 잘 몰라도 코딩 하나만큼은 자신 있었다.

그것이 용호를 이곳에서 버티게 한 원동력이었고 앞으로 더욱 발전시킬 추진력이었다.

'흐음……'

용호는 JIRA를 통해 온 코드 리뷰 신청 알람을 확인하고 Git 저장소의 branch(코드 저장소로 확인이 되면 master로 올라감)에 올라온 코드를 살펴보았다.

'생각보다 코멘트 달 게 많은데.'

코드 스타일부터가 약속대로 되어 있지가 않았다. 이를테면 기본적으로 4칸 들여쓰기가 기본인데도 어느 곳에는 2칸, 어느 곳은 4칸으로 들쭉날쭉 작성되어 있었다.

'이런 건 기본인데……'

한두 군데가 잘못 작성되어 있었다면 그럴 수도 있다 여기고 넘어갈 수 있었다. 그러나 그렇지 않다는 것이 문제였다.

더구나 코딩 스타일 가이드만 어기고 있는 것이 아니었다.

'변수명이나 함수명도 애매한데……'

코드를 한 줄 내려가기가 힘들었다. 클라이언트에서 서버로 사용자 확인을 하는 함수명이 userChk 이런 식으로 되어 있었다.

약어 사용을 최대한 자제하라는 규칙을 어긴 것이다.

'이것도 userCheck 이렇게 하라고 분명히 써놨는데.'

코딩 가이드를 분명 작성하여 올려놓았건만 읽어보지 않은 듯했다.

용호는 JIRA로 설명하기에는 한계가 있음을 느꼈다. 코드 리뷰의 절차는 일차적으로 온라인을 통해 확인을 하고, 명확하게 말해야 할 것이 있을 때에만 만나서 이야기하는 것이 원칙이었다.

최대한 프로그래머가 개발에만 집중할 수 있는 여건을 마련해 주기 위함이었다.

'만나서 이야기를 해야겠어.'

자리에서 일어난 용호가 클라이언트 개발자가 있는 곳으로 이동했다.

클라이언트 개발자가 있는 곳으로 갔으나 바로 말을 걸 수 없었다. 그곳에는 서비스를 기획하는 케네스와 웹 쪽을 담당하는 개발자가 함께 있었다.

'응? 뭐 이야기하고 있나.'

용호는 대수롭지 않게 여겼다. SA가 사용자와 최접점에 있는 프런트 엔드 개발자들과 대화를 하는 모습이 그리 이상한 그림은 아니었다.

그러나 그냥 지나치기에는 귀에 거슬리는 단어가 들려왔다.

boobs.

'뭐지.'

얼핏 보기에도 여자가 난처한 표정을 짓고 있었기에 용호는 좀 더 가까이 다가가 보았다.

"남자 친구는 좋겠네."

"이것저것 다 할 수 있잖아."

케네스와 웹 개발을 담당하고 있는 개발자 둘이 아는 사이인지 앱 개발을 하고 있는 여자 직원을 두고 시시덕거리고 있었다.

용호에게 코드 리뷰를 요청했던 바로 그녀였다. 루시아란 이름을 가진 여자가 앱 쪽을 담당하고 있었다.

곤란해 보이는 표정이 얼굴 가득 드러나 있었다. 케네스와 웹 개발자를 헤치고 가까이 다가간 용호가 말을 걸었다.

"저기, 코드 리뷰 요청하신 걸 검토해 봤는데, 몇 가지 수정해 주셨으면 해서요."

둘은 보지도 않고 바로 루시아에게 말을 걸었다. 그러자 케네스가 용호의 어깨에 팔을 걸쳤다. 그새 친해졌다고 생각한 모양이었다.

"용호 씨도 관심 있어? 하긴 한국에서 보기 힘들긴 하지."

케네스가 다 이해한다는 듯 황갈색의 치아를 드러내며 느끼하게 웃었다.

용호가 어깨에 올라온 케네스의 팔을 쳐내며 말했다.

"제가 회사에서 관심 있는 건 일뿐입니다."

"에이, 다 아는데 왜 이래."

케네스가 눈짓으로 루시아의 가슴을 가리켰다. 두꺼운 옷으로 가리고 있음에도 숨길 수 없는 볼륨감이었다. 지금껏 용호가 본 여자들 중에서도 볼륨감 하나만큼은 단연 으뜸이었다.

겨우 눈을 떼고 케네스에게 다시 한 번 단호하게 말했다.

"루시아 씨가 개발한 사항에 대해 상의할 게 있으니 잠시 자리를 비켜주셨으면 합니다만."

"알았어, 알았어. 그래도 혼자서 독차지하는 건 안 돼."

케네스는 끝까지 농담을 던지며 웹 개발자와 함께 자리를 떠나갔다. 자리를 비키면서도 둘은 연신 음담패설을 내뱉으며 킥킥댔다.

'하여간 어딜 가나 미친놈들은 꼭 있다니까.'

"고마워요."

그때까지 가만히 앉아 있던 루시아가 용호에게 고개를 돌려왔다.

"아니에요. 그것보다 코드 때문에 드릴 말씀이……."

용호는 채 말을 끝마치지 못했다. 앉아 있던 루시아가 갑자기 눈을 아래로 떨구며 고개를 돌렸다.

"마, 말씀하세요."

억지로 감추고 있었지만 떨리는 말투가 울고 있는 것이 분명했다.

'아, 이런 건 자신 없는데.'

용호가 머리를 벅벅 긁으며 말했다.

"잠깐 걸을까요?"

일단 사무실을 나가야 할 것 같았다.

Chapter 4

실리콘밸리의 그늘

실리콘밸리는 여름에는 덥지 않고 겨울에는 춥지 않다. 그렇지만 늦가을 햇볕이 내리쬐고 있었기에 용호는 나무 그늘 아래로 피신했다.

루시아의 이야기를 듣는 내내 이럴 수 있을까 싶었다. 세계에서 제일가는 선진국, 그 안에서도 최첨단을 걷고 있는 실리콘밸리 내에서의 성차별과 성희롱은 한국의 그것과 큰 차이를 보이고 있지 않았다.

같은 일을 하고 있음에도 20% 낮은 임금, 더구나 Tech 분야에서 종사하고 있는 여성은 10%도 되지 않았다.

창의력, 상상력, 아이디어, 꿈, 희망과 같은 이미지들로 연상되는 실리콘밸리의 내밀한 곳에 소위 '보이 클럽'이라 표현되는 남성 우월주의가 뿌리 깊게 내려앉아 있었다.

　루시아는 말을 하는 동안 그간의 서러움이 복받쳐 오르는지 눈물을 감추지 못했다.

　미국 여성은 뭔가 더 진취적이고, 도전적이라는 생각에 눈물도 없을 줄 알았다.

　그러나 인간 사는 곳은 어느 곳이나 비슷했고, 여자라는 말 안에 포함되어 있는 예상 행동반경도 크게 차이는 없었다.

　"이제 다 울었어요?"

　"……"

　낯선 남자에게 눈물을 보여서인지 루시아는 푹 숙인 고개를 들지 못했다. 용호는 괜찮다는 의미로 루시아의 등을 두드려 주었다.

　이제 24살, 사회의 병폐들을 홀로 맞서기에는 아직 어린 나이였다.

　"윗사람에게 말이라도 해보지 그랬어요?"

　"…처음에 이야기를 해보았지만 크게 대수롭지 않게 여기더라고요."

　루시아가 조심스럽게 이야기를 꺼냈다. 그러나 회사에서는 문제를 크게 만들고 싶지 않았는지 구두로 경고를 하는 차원에서 끝이 났다.

　"……"

　"걱정해 주셔서 감사합니다. 제 문제니 제가 해결할 수 있어요. 아까 하시려던 말씀이 뭐였죠? 코드에 문제가 있다고 말했던 것 같은데…….."

루시아의 커다란 눈망울에는 아직 눈물이 그렁그렁 매달려 있었다. 애써 괜찮은 척하는 모습이 더욱 안쓰럽게 느껴졌다. 어쩌면 핏줄이 비칠 정도의 하얀 피부가 용호의 보호 본능을 자극하고 있는 걸지도 몰랐다.

*   *   *

사무실로 돌아온 용호가 가장 먼저 한 건 케네스와 함께 있던 웹 개발자인 마크가 올린 코드를 살펴보는 일이었다.

용호가 하는 일은 서버 사이드 개발 및 애플리케이션 개발 총괄이었다. JIRA로 올라오는 각 개발자들의 코드 리뷰 요청에 대해 하나씩 살펴보는 것도 중요한 업무 중 하나였다.

'깨끗하네.'

성격이 더러운 만큼, 일도 더럽게 할 것이라 생각한 용호의 착각이었다.

루시아의 코드와 달리 마크의 코드는 흠잡을 곳이 없었다. 아무래도 개발 경력이 짧은 루시아와 달리 마크는 이미 실리콘밸리에서 잔뼈가 굵은 개발자였다. 천재 수준은 아니더라도 업무를 진행하는 데 있어 무리가 없을 정도는 되었다.

'이래서 아무 일도 없는 건가…….'

회사 입장에서 보면 일 잘하고 있는 케네스나 마크보다야 루시아가 손해였다. 아직은 가르치고, 키워야 하는 존재였다.

투자의 단계인 것이다.

철저히 능력 중심으로 돌아가는 사회였다.

그 이면에는 능력이 없을 경우 받아야 하는 서러움이 존재
했다.

'제시와 상의를 해봐야겠어.'

같은 여자인 제시와 이야기를 해보면 답이 보일 것도 같았
다.

"그래서?"

"응?"

"용호, 나는 정확하게 말하면 경영진이 아니야. 더구나 한 부
서의 책임자도 아니지."

"……"

"어설픈 동정심으로는 아무것도 변화시킬 수 없어."

용호는 그저 멍하니 앉아 있을 수밖에 없었다. 제시가 이렇
게 차가운 사람이었던가?

아직 겨울이 오지 않았음에도 제시에게서 느껴지는 한기로
용호는 몸이 떨리는 것 같았다.

"루시아라고 했던가? 차라리 그녀가 실력을 키울 수 있게 도
와주는 것이 가장 좋은 방법이라 생각해."

다가오는 한기를 물리치기 위해 용호가 앞에 놓인 따뜻한 커
피 한 잔을 들이켰다.

그제야 몸이 좀 녹는 것 같았다. 건물 안에 분명 히터가 돌

고 있음에도 용호는 뜨거운 커피에서 손을 떼지 못했다.

"실리콘밸리의 또 다른 말이 뭔지 알아? 섹스 밸리. 더 이상 내가 이야기하지 않아도 알겠지?"

계속되는 제시의 냉정한 말에 용호가 욱했는지 치고 들어왔다.

"그래서 그냥 가만히 있으라는 말이야?"

제시가 용호를 가만히 쳐다보았다.

"실력이 높아질수록 자존심도 세진다고 하더라."

제시는 몇 가지 키워드만을 남긴 채 자리에서 일어났다. 실리콘밸리를 부르는 또 다른 말 중에 하나, 섹스 밸리.

용호는 한참을 자리에 앉아 뜨거운 커피를 홀짝거렸다.

그렇다고 가만히 있는 것은 용호의 성미에 맞지 않았다. 그래서 찾은 방법이 좀 더 자세히 코드를 살펴보는 것이었다.

'아무리 그래도 완벽할 수는 없겠지.'

맨 처음 코드를 접할 때부터 GUI(그래픽 환경. 대표적으로 윈도우가 있음)가 아닌 CLI(커맨드 환경. 대표적으로 리눅스)에서 코딩을 해왔다.

편리함으로만 따지자면 삽과 포클레인의 차이였다. 그러나 분명 얻은 것도 있었다.

코드를 보는 눈.

버그 창이 버그를 알려주기 전에 코드의 문제점들이 보였다. 코딩 스타일에서부터 더 이상 사용하지 않는 함수들까지 코드를 다양한 측면에서 볼 수 있었다.

용호는 문제가 될 만한 것은 없나 기를 쓰고 마크가 올린 코드를 살펴보았다.

HTML(HyperText Markup Language)라는 것 때문에 우리는 현란한 웹 페이지 문서들을 빠르고 간편하게 볼 수 있다.

모든 프로그래밍 언어가 발전을 하듯 HTML이라는 언어 역시 발전에 발전을 거듭하여 최근에는 HTML5까지 왔다.

새로운 기능들이 추가되고, 쓸모없는 기능들이 사라져 갔다. 개중에는 아직 허용하지 않지만 추천하지 않는 기능들이 존재했다.

하위 버전과의 호환성 때문에 허용해 주지만 앞으로는 사용을 못하게 할 것이니 사용을 자제해야 하는 기능들이 존재했다. 바로 용호가 찾고 있는 것이었다.

'하나 또 찾았고.'

흠집을 하나 찾아낸 용호가 속으로 쾌재를 불렀다. 웹 개발자인 마크가 올린 코드 중 테이블을 그리는 태그가 있었다. 그 안에서 테이블의 모양을 조정할 수 있는 속성이 존재했다.

HTML5에서는 cellpading이나 cellspacing 같은 디자인을 구성하는 요소들은 CSS(Cascading Style Sheets)라는 웹 페이지 디자인을 따로 관리하는 문서에 넣도록 권장하고 있었다.

cellpading이나 cellspacing도 표의 여백이나 들여쓰기에 관한 설정을 조작하는 부분이었기에 CSS에 들어가 있어야 하나 HTML 코드에 그대로 들어가 있었다.

'코멘트 달아야지, 코멘트!'

용호는 마크를 괴롭힐 생각에 절로 콧노래가 나오는 듯했다. 용호가 할 수 있는 그나마 자그마한 복수였다.

사실 HTML에 그대로 코딩한다고 해서 버그가 발생한다거나, 사용자들이 웹 페이지를 확인하는 데 문제가 발생하는 부분은 아니었다.

사용상의 문제는 전혀 없었다. 물론 HTML 기술을 만드는 쪽에서 추천하는 방식이 아니니 앞으로 10년 뒤쯤에는 기능이 막혀 사용하지 못하게 될 수도 있었다.

그러나 그건 먼 훗날의 일, 지금부터 걱정할 필요는 없었다.

그만큼 아주 작고, 사소한 문제였다. 용호는 그런 작고 사소한 문제들을 건드려 마크의 자존심을 무너뜨리고 있었다.

'몇 개 더 달아볼까……'

모두가 퇴근한 시간, 용호는 밤늦도록 사무실을 떠나지 않았다.

*   *   *

아침에 출근한 마크는 꽉 찬 메일함을 보고 멍하니 앉아 있을 수밖에 없었다.

코드 리뷰 결과가 도착했습니다.

코드 리뷰 결과가 도착했습니다.

코드 리뷰 결과가 도착했습니다.

코드 리뷰 결과가 도착했습니다.

똑같은 내용의 제목이 메일함의 한 페이지를 장식하고 있었다.

JIRA를 통한 대부분의 이벤트는 관련자들에게 메일로 전송되게 되어 있었다. 게시글에 댓글이 달렸거나, 이슈에 어사인되거나 리포터로 선정되거나 코드 리뷰의 결과가 도착했거나.

사실 코드 리뷰의 전체 결과가 메일 하나로 가게 할 수도 있었다.

그러나 용호는 일부러 그렇게 하지 않았다. 문제 사항 하나에 메일도 하나가 가도록 보낸 것이다.

순전히 고의적이었다.

"……."

클릭. 클릭. 클릭.

마우스로 메일을 클릭해 가며 하나씩 확인해 나가던 마크가 피곤함이 몰려오는지 목덜미를 주물렀다.

"지금 이런 것도 문제라고……."

웹 페이지가 돌아가는 데는 전혀 문제가 없었다. HTML5에서 정한 규정을 지키지 않았다 보기도 힘들었다.

그들이 추천하는 방식대로 코딩하지 않았을 뿐이었다.

HTML5 표준을 준수 바랍니다.

각각의 메일에 공통적으로 쓰여 있는 용호의 리뷰 의견이었다. HTML5 표준을 준수하기 바란다. 명분에서 용호가 앞서 있었다. HTML5를 준수하는 것은 전 사적으로도 권장되는 부분이었다.

마크가 몇 가지 부분에서 표준을 지키지 않은 것은 몇몇은 실수로, 몇몇은 대수롭지 않게 생각하고 넘어갔기 때문이었다.

그리고 또 몇 가지는 CSS로 수정해서는 원하는 결과가 제대로 나오지 않았기 때문이다.

시간을 들이자면 못할 것도 없었다. 그러나 일정이라는 것이 있기에 융통성을 발휘한 것이다.

"이 정도면 해보자는 거지."

용호가 보낸 메일을 하나씩 확인해 나가던 마크가 전의를 불태웠다. 자신도 나름 웹 개발 분야에서는 일가견이 있다고 생각했다.

이렇게 누군가에게 지적받을 만큼 허투루 실력을 쌓아오지 않았다.

*　　　　*　　　　*

대부분 자신의 일이 끝나면 퇴근했다. 그리고 회사의 대부분은 자신이 맡은 일에 대해서는 처리할 수 있을 정도의 능력자들이었기에 야근을 하는 직원은 거의 없다고 할 수 있었다.

또는 재택근무가 활성화되어 있어 노트북을 가지고 집으로 가 일을 해도 되기에 지금껏 용호는 남아 있는 직원을 거의 볼 수 없었다.

그러나 오늘은 달랐다.

'헐……'

고개를 들고 주변을 살펴보니 두 사람이 보였다.

남자와 여자.

루시아와 마크였다.

'안 가고 뭐 하는 거지.'

용호가 의아한 듯 살짝 고개를 들어 그 둘을 바라보았다. 각 분야 별로 뭉쳐놓았기에 클라이언트 개발자인 루시아와 마크의 자리는 가까웠다.

그때 메신저에 대화창이 하나 떠올랐다.

"용호, 물어볼 게 있는데 시간 괜찮아요?"

루시아였다. 마크의 코드에서는 문제를 찾기 위해 노력해야 했다면 루시아의 코드는 노력이 필요 없었다. 대부분이 문제 투성이었다.

함께 일하기 쉽지 않았지만 누구에게나 신입 시절은 존재한다. 용호 역시 손석호나, 안병훈에게 많은 것을 배웠다.

그런 올챙이 적 시절을 결코 잊지 않고 있었기에 용호는 루시아의 질문을 귀찮아하지 않고 하나하나 받아주었다.

"네, 괜찮아요."

용호의 대답이 떨어지자 등을 돌리고 코딩을 하고 있던 루시아가 고개를 돌려 용호를 바라보며 손을 흔들었다.

배우고자 하는 열망이 가득 한 눈이었다. 그 열망이 자신을 향한 것이 아니라는 사실은 용호도 알고 있었다.

'완전 공대 여신이네… 얼굴 보고 뽑았나.'

멀리서 손을 흔들고 있는 루시아를 보니 치근덕거리던 마크의 태도가 일순 이해가 될 것 같기도 했다.

한국으로 치면 공대 여신이었다. 남자라면 누구나 한 번쯤 상상하는 백인 여성의 전형적인 모습이었다.

"네, 가요. 가."

용호가 자리에서 일어나 루시아에게 다가갔다. 그리고 그 모습을 처음부터 끝까지 놓치지 않고 훔쳐보는 눈이 있었다.

＊　　　＊　　　＊

아침에 출근해 회사 메일을 확인한 용호가 가득 찬 메일함을 보며 머리를 벅벅 긁었다.

코드 리뷰 결과 조치 완료.
코드 리뷰 결과 조치 완료.
코드 리뷰 결과 조치 완료.
……

라는 내용으로 메일함이 가득 차 있었다.

'이것 봐라……'

코드 리뷰 결과를 보낸 지 하루 만에 모두 조치가 완료되어 있었다.

좋게 생각하면 일을 정말 잘한다고 할 수 있겠지만 까마귀 날자 배 떨어진다고 상황이 그렇게 생각할 수만은 없도록 만들었다.

그리고 가장 최신 메일은 더욱 용호를 놀라게 만들었다.

코드 리뷰 요청.

지적한 사항에 대해 조치를 완료한 것뿐만 아니라 새로운 코드가 도착해 있었다. 용호가 지적한 코드만 해도 십수 건을 넘어갔다.

결코 하루 만에 해결하지 못할 것이라 생각하고 있었는데 그 예상을 뛰어넘고 있었다.

'이 정도면 해보자는 거지……'

말로 하고 있지는 않지만 코드에서 느껴지는 전투적인 느낌이 있었다.

'결투를 피하는 건 남자가 할 일이 아니지.'

용호도 마크가 보내온 코드에 무섭도록 집중하기 시작했다. 일은 빠르게 진행될 것이고 실력은 일취월장할 것이기 때문에 용호도 이런 식의 결투라면 언제든지 환영이었다.

턱.

의자에 앉아 있는 용호의 어깨 위로 고운 손 하나가 걸쳐졌다. 용호는 뒤도 돌아보지 않은 채 말했다.

"뭐야, 데이브. 지금 바쁘니까 나중에 이야기하자."

용호는 한창 마크의 코드를 살펴보는 중이었다. 그냥 코드를 볼 때도 재미가 있었는데 승부라는 요소가 가미되자 더욱 즐거워졌다.

결코 지고 싶지 않았다. 루시아를 위해 시작했던 일이라는 것은 머릿속에서 지워질 만큼 몰두하고 있었다.

뒤에서 아무 말이 없자 용호가 말을 이었다.

"대방이냐? 너 누가 형님 어깨에 손 함부로 얹으라 그랬어."

나대방이라 생각했는지 용호는 한국말로 말했다. 그러나 용호의 어깨에 손을 얹은 사람은 나대방도 데이브도 아니었다.

"저기……."

어쩐지 진한 향기가 느껴진다 싶었다. 남자에게서 맡을 수 없는 향긋함이었다.

회사 여직원 중 한 명이 향수를 많이 뿌리고 왔나 생각하고는 대수롭지 않게 여겼다. 그런데 향기만이 아닌 목소리까지 남자가 아니었다.

그제야 용호의 고개가 뒤로 돌아갔다.

"루시아?"

"이것 좀 드세요."

우두커니 뒤에 서 있던 루시아가 커피와 초콜릿을 용호의 책상 위에 올려두곤 도망치듯 자리로 떠나갔다.

가격대가 많이 나가 용호도 가끔 먹는 고디바 초콜릿이었다.

'뭐, 뭐지······.'

손석호에게 너무 많은 단팥빵을 얻어먹어서인지 용호도 한창 코딩을 하다 보면 단 것이 당겼다. 그때마다 초콜릿을 먹었고, 가끔 스스로가 대견하다 싶을 때면 고디바 초콜릿을 사 먹었다.

자신에게 주는 일종의 상이었다.

그걸 어떻게 알았는지 루시아가 고디바 초콜릿을 선물한 것이다.

'주는 거니 고맙게 먹어야지.'

고급스러워 보이는 포장지에 싸여 있는 초콜릿을 하나 꺼내 입에 털어 넣었다.

쓴맛과 단맛이 묘하게 조화를 이루며 입안에서 맴돌았다.

*　　　　*　　　　*

'독한 놈.'

용호가 하고 있는 생각을 마크도 똑같이 하고 있었다. 힘겹게 메일을 보내고 나면 그다음 날 지적 사항이 도착해 있었다.

무리를 해 새로운 코드를 작성해 보내도 마찬가지였다. 개중에는 지적 사항을 잘못 해결해 보내 반려된 것도 있었다.

'이번에는 또 뭐냐⋯⋯.'

이제 HTML에서의 지적 사항은 상당량 줄어 있었다. 그래서 좀 쉴 수 있을 것 같았지만 용호는 생각지도 못한 문제를 지적해 들고 나왔다.

"이번에는 자바 스크립트냐⋯⋯."

마크의 음성은 지쳐 있었다. 계속되는 야근은 심신을 모두 지치게 만들기 충분했다. 그러나 지고 싶지 않았다.

프로그래머로서의 자존심이 그를 무너지지 않고 버티게 만들었다. 거기에는 용호가 자신의 코드를 수락한다는 것도 한 몫했다. 용호가 상급자는 아니었지만 동양의 조그마한 나라에서 온 사람에게 자신의 코드를 허락받아야 한다는 사실이 자존심에 상처를 입히고 있었다.

"누가 질 줄 알고."

마크 역시 무섭도록 집중해 나갔다. 그 역시 스스로의 실력에 대한 자부심이 상당했다. 그리고 그러한 자부심을 가져도 될 정도의 실력을 갖추고 있었다.

소위 웹 페이지라 부르는 하나의 화면이 그려지는 데는 세 가지 언어가 필요하다 볼 수 있다.

javascript, HTML, CSS. 이 중 javascript가 없어도 화면을 그리는 데는 문제가 없지만 좀 더 화려하고 난이도가 있는 화면을 그리기 위해서는 필수다.

용호가 지적한 부분은 javascript에서 사용하는 프레임 워크

중의 하나인 jquery였다.

이를테면 javascipt에서는 window.onload라고 표현하는 것을 jquery에서는 $(document).ready(function(){}); 이런 식으로 표현한다.

HTML에서의 문제와 마찬가지로 프로그램이 돌아가는 데는 하등 지장이 없었다.

용호가 지적할 것이 이렇게 사소한 것들밖에 없을 정도로 마크의 실력은 뛰어났다.

누구 하나가 포기하지 않으면 끝나지 않을 치킨 게임이었다. 둘 모두 서로의 실력을 어느 정도 인정하고 있었다. 그리고 각자의 실력이 늘고 있음도 충분히 느끼고 있었다.

그러나 문제는 체력이었다. 날이 갈수록 체력이 고갈됨을 느꼈다. 상대에게 조그마한 빌미도 주지 않기 위해 확인에 확인하는 과정을 거치니 시간은 자연스레 모자랄 수밖에 없었다.

하루는 24시간으로 한정되어 있기에 모자란 시간을 보충하기 위해서는 잠을 줄이는 수밖에 없었다.

"형님, 괜찮습니까?"

나대방이 보기에 용호는 곧 죽을 것처럼 보였다. 무슨 일을 그렇게 하는지 매일같이 새벽이슬을 맞으며 집으로 돌아와 잠깐 눈을 붙이고는 다시 출근했다.

"…괜찮지 뭐."

용호는 대답할 힘도 없는지 말소리를 낮췄다. 전적으로 마크와 용호 둘 사이에서 벌어지고 있는 일이었기에 회사 내의 누구도 알지 못했다.

나대방 역시 마찬가지였다.

"몸 상하면 다 소용없습니다. 무슨 일을 그렇게까지 하세요."

"……"

사무실에서 나대방이 목소리를 높이며 용호를 걱정하자 루시아가 뒤를 돌아보았다.

그 모습을 나대방은 놓치지 않았다.

"혹시 남 뒤 닦고 있는 겁니까?"

걸걸한 목소리가 순식간에 모기처럼 줄어들어 있었다. 용호의 은밀한 사생활이라 생각한 것이다.

루시아의 모습을 보자 나대방은 남자로서 충분히 이해가 갔다.

"스탠포드에도 하나 만드시더니 능력도 좋습니다."

"무, 무슨 소리를 하는 거야!"

"에이, 뭐 딱 보니까 그렇고 그런 거고만 뭘 그렇게 부끄러워하십니까."

나대방이 은근슬쩍 용호의 옆구리를 찌르며 말했다. 둘이 대화를 할 때는 한국어로 했기에 나대방도 안심하고 말을 할 수 있었다.

"그런 거 아니라고."

용호는 화를 낼 기운도 없는지 그저 가만히 있었다.

"그런 거 아니면 뭡니까? 지금 형님 보고 미국까지 온 저한테 감추는 게 있는 겁니까?"

이야기가 길어질 것 같았기에 용호는 다른 방법을 택했다. 차라리 속사정을 나대방에 모두 얘기하기로 결정한 것이다.

용호의 사정을 모두 들은 나대방이 놀란 듯 소리쳤다.

"네에?"

"그러니까 네가 생각하는 그런 거 아니라고."

"언제까지 끌 생각이십니까? 이러다 형님 먼저 죽겠어요."

"그러게 말이다. 뭐 좋은 수 없을까."

용호도 이대로 계속 갈 수는 없다는 것을 어렴풋이 느끼고 있었다. 웹 말고도 신경 써야 할 부분이 한두 군데가 아니었다. 앱도 봐야 했고 나대방이 진행하는 이미지 처리 라이브러리도 확인해야 했다.

거기에 서버까지, 몸이 열 개라도 남아나질 않았다.

"남자라면 정정당당하게 결판을 내는 게 좋지 않겠어요?"

"뭐냐, 지금 나보고 주먹다짐이라도 하라는 말이야?"

"형님이 주먹을 쓰면 이기기라도 하고요? 마크 그놈 보니까 덩치도 상당하던데, 물론 저한테는 안 되지만 말입니다. 흠흠."

나대방이 자신의 가슴을 탕탕 쳤다. 용호도 나대방의 말에는 전적으로 동의하고 있었다. 주먹으로 싸우면 자신은 분명 질 것이다. 그러나 나대방은 이길 것 같았다.

"그러면 네가 대신 싸워줄래?"

용호가 헛웃음을 지으며 물었다. 마크에게 최소한의 경고를 하고 싶었다. 비록 먹힐지 안 먹힐지는 알 수 없지만 지켜보는 눈이 있다는 사실을 인지하도록만 만들어도 예전 같은 행태는 많이 줄어들 것이라 생각했다.

그러나 결정적인 한 방이 부족했다. 그러한 행동을 지켜보는 눈이 강하면 강할수록 그로 인한 압박도 클 것이기에 한 방, 한 방이 필요했다.

"형님 혹시 세계 최대 SNS 사이트를 영화화한 것 보셨습니까?"

"영화?"

"그 '페이드북'이라는 영화가 있는데 거기에 보면 이런 이야기가 나옵니다."

이야기를 다 마친 나대방이 어떠냐는 듯 용호를 바라보았다.

"어떻습니까? 남자답고 깔끔하게, 더구나 말을 들어보니 그 사람 자존심도 상당하던데, 완벽하게 눌러주면 끽 소리도 못할 것 같지 않아요?"

나대방이 목에 손을 가져다 대고 가로로 긁으며 말했다. 용호도 솔깃했는지 잠시 눈을 감은 채 생각에 빠져들었다.

"괜찮은 것 같은데……."

"쇠뿔도 단김에 빼랬다고 오늘 당장 가시죠. 그쪽에서 지명하는 사람 한 명과 제가 심판 보면 되지 않겠어요?"

"……."

용호가 결심을 한 듯 자리에서 일어났다. 지금까지가 잽이었다면 이제 어퍼컷 한 방을 날릴 심산이었다.

마크도 이런 지난한 과정에 지쳐가고 있었다. 프로그램이 돌아가는 데는 아무런 이상도 없었지만 코딩 표준을 준수하지 않은 것은 맞았다.

그러나 이 정도 수준은 일정 문제도 있기에 융통성을 부려 넘어갈 수도 있는 것이었다. 그러나 그런 문제들조차 용호는 메일을 보내고 JIRA에 등록하며 공론화시켰다.

만약 해결하여 올려놓지 않는다면 회사 내에서 자신의 입지가 줄어들 것은 명약관화한 일이었다.

프로그래머로서의 자존심 문제도 있었지만 이러한 회사 내에서의 입지 문제도 존재했기에 마크도 문제 해결에 최선을 다할 수밖에 없었다.

"OK!"

그러던 차에 용호가 먼저 다가와 말을 걸었다. 항상 메일과 JIRA를 통해서만 대화를 하다 이렇게 직접적으로 대화를 한 적은 처음이었다. 그리고 용호의 제안은 마크에게도 충분히 매력적이었다.

"그러면 오늘 저녁에 보는 걸로?"

"그러죠."

코를 납작하게 해줄 자신이 있었다. 그럴 만큼 충분히 실력을 쌓아왔다.

그렇지 않아도 실리콘밸리 내에 아시아인들이 보이는 것이 탐탁지 않던 참이었다.

컴퓨터 과학의 종주국 미국의 힘을 보여줄 차례였다.

*　　　　　*　　　　　*

"용호!"

슬그머니 노트북을 챙기던 용호는 어느새 알고 다가온 데이브에게 붙잡혔다.

"으, 응?"

"나 빼고 가려고? 재밌는 일 있다며?"

나대방을 통해 이야기가 퍼졌는지 데이브와 제임스, 제시까지 팔짱을 낀 채 용호를 보고 있었다.

"가, 가긴 어딜 가."

"요 앞에 있는 바에 간다며."

용호가 나대방에게 눈을 부라렸다. 숨는다고 숨어질 몸이 아니건만 모른 척하며 제임스의 뒤로 숨었다.

"그, 그게."

사람이 많이 가서 좋은 일이 아니라 생각하고 있었기에 부르지 않았다. 그랬는데 생각보다 일이 커진 것이다.

용호가 당황하며 가만히 있는 사이 데이브가 용호의 노트북 가방을 낚아챘다.

"어서 가자!"

데이브가 목소리를 높였다. 하이 톤을 보아하니 앞으로 벌어질 일에 즐거워하고 있는 것이 분명했다.

그때까지도 일을 하고 있던 루시아가 슬그머니 일행에게 다가왔다.

"저, 저도 가도 될까요?"

"응?"

모두가 루시아를 쳐다보았다. 따지고 보면 루시아로부터 출발한 일이었다. 다들 어찌할 바를 모르고 용호를 바라보았다.

"하아……."

용호가 한숨을 내쉬며 포기한 듯 머리를 벅벅 긁었다.

"그래요. 다아아 같이 가죠!"

말을 늘어트리는 것이 제어할 수 없는 상황에 대한 불만을 나타내고 있었지만 이미 엎질러진 물이었다.

"그럼 출발해 볼까!"

데이브만이 신이 난 듯 콧노래까지 불렀다.

그리고 얼마 뒤 일행은 회사 주변에 위치한 한 바에 모습을 드러냈다.

*   *   *

컴컴한 바 내부를 붉은빛을 은은하게 뿜어내는 할로겐 전등이 밝히고 있었다. 탁자는 고동색의 원목으로 만들어져 있었고, 의자는 같은 계열의 색에 등받이가 없었다.

바닥 역시 짙은 갈색의 나무로 이루어져 있어 바 내부는 약간은 음울한 분위기를 풍기고 있다.

바 내부에서 풍기는 어두운 분위기와는 달리 탁자 하나하나는 마치 반딧불처럼 빛나고 있었다.

탁자 위에 올라가 있는 촛불 하나가 어두운 분위기를 몰아내는 첨병 역할을 하고 있었다. 그래서인지 그곳에 있는 사람들은 하나같이 가운데 있는 촛불 쪽으로 몸을 숙인 채 서로에게 집중하고 있었다.

그러나 단 한 곳만 전체적인 바의 분위기와 달리 이질적인 느낌을 한껏 풍기고 있었다.

테이블 두 개를 붙여 만든 자리에는 노트북 두 대가 나란히 올라가 있었다. 노트북 가운데에서 뿜어지는 LED 빛이 두 대의 노트북이 같은 회사의 것임을 알려주고 있었다.

같은 회사, 같은 사양의 노트북을 다루고 있는 두 사람은 확연히 달랐다.

금발의 백인 남성과 흑발의 동양인 남성.

용호와 마크였다.

조용한 바 내부인지라 데이브의 말소리가 더욱 크게 들려왔다.

"용호! 조금만 더 힘을 내!"

땡!

바의 종업원으로 보이는 남자가 종을 치자 용호와 마크가 동시에 옆에 따라진 위스키를 스트레이트로 마셨다.

후욱.

식도를 타고 내려가는 후끈함 때문에 둘 모두 길게 숨을 내쉬었다. 공기를 타고 흘러나온 알코올이 모두를 흥분시켰는지 주변인들은 더욱 열광하고 있었다.

타다다닥. 타다다닥.

스트레이트 잔으로 위스키를 마신 둘은 다시 신들린 듯 타자를 쳐 내려가기 시작했다.

마크 역시 타자 치는 속도가 용호 못지않았다. 그간 그가 보인 실력이 결코 거짓이 아님이 증명되는 순간이었다.

"마크!"

마크 옆에는 케네스가 서 있었다. 용호의 공증인으로는 나대방이, 마크의 공증인으로는 케네스가 참석한 것이다.

그밖에 데이브 일행은 들러리였다. 오늘 사건의 발단을 마련한 루시아도 한자리를 차지하고 주변을 둘러싸고 있었다.

땡!

다시 종업원이 종을 치자 둘은 위스키를 한 잔씩 들이켰다.

이른바 음주 코딩.

세계 최대 SNS 회사가 초창기 사람을 뽑을 때 썼다는 방법이었다. 영화에 나온 그 장면을 인상 깊게 본 나대방이 용호에게 제안했고 용호가 다시 마크에게 제안해서 성사된 일종의 코딩 대결이었다.

탑 코드 사이트에 방을 만든 후 무작위로 발생되는 코딩 문제를 함께 푼다.

그런데 한 가지 조건이 있었다. 문제를 다 풀기 전까지 삼 분마다 위스키를 스트레이트로 한 잔씩 마셔야 했다.

'만만치 않은데…….'

용호는 흘낏 눈을 돌려 마크를 쳐다보았다. 순간 마크가 오른손을 높이 들었다.

코딩이 끝났다는 표시였다. 코딩이 끝난 후 서로의 프로그램에 버그가 없는지 살펴보는 시간을 가졌다.

하나의 오류도 없이 깔끔했다.

버그 창 역시 아무런 안내가 없었다.

완벽한 용호의 패, 이제 마지막 한 번의 대결만이 남았다.

나대방이 연신 용호의 어깨를 주물렀다.

"형님, 괜찮습니다. 이번 판에서 이기시면 됩니다."

3판 2선 승부.

용호와 마크가 각각 일 승씩 챙긴 상황이었다. 이번 마지막 문제를 통해 최종 승자가 결정된다.

용호가 마크에게 요구한 것은 루시아에 대한 정식 사과였다. 마크가 용호에게 요구한 것 역시 자신을 파렴치한으로 본 것에 대한 정식 사과였다.

마크는 거기에 한 가지 조건을 더 붙였는데 바로 '무릎을 꿇고'라는 것이었다.

무릎을 꿇은 채 케네스와 마크에게 사과하고 앞으로 일체 자신들의 행동에 터치하지 마라.

이번 판에서 진다면 용호가 해야 할 미션이었다.

"물 좀 줘."

벌써 두 번의 코딩 대결을 하면서 열 잔의 위스키를 마셨다. 속에서는 불이 날 것 같았고, 목이 타들어가는 것만 같았다.

문제는 머리까지 어질어질하다는 것이었다. 평소 술이라면 소주에 충분히 단련되어 있다고 생각했다.

그러나 위스키의 도수는 소주와 차원이 달랐다. 용호가 생각했던 상태보다 더 상황이 안 좋았다.

'생각보다 어지럽네……'

술을 먹어 자꾸 감기려는 눈을 억지로 뜬 채 마크를 바라보았다. 용호보다는 나은 것 같았지만 마크의 상태 역시 그리 좋아 보이지 않았다.

옆에 서 있던 케네스가 연신 물을 주며 마크를 독려하고 있었다.

"야, 좀 더 세게 주물러 봐."

어깨를 누르는 압력이 약해졌다고 느낀 용호가 한국말로 이야기했다. 그러나 아무런 변화가 없었다.

"좀 더 세게 해보라니까."

술기운이 올라와서인지 용호의 목소리도 커져 있었다. 알코올이 몸을 잠식하고 있는 상태였다. 용호는 자신의 어깨 위에 올라와 있는 손을 치우며 말했다.

"그만 됐어."

루시아는 자신의 손 위에 올라온 용호의 손에 순간 당황하며 어찌할 바를 몰랐다. 더구나 지금 용호가 하고 있는 말은 한국어였다. 뭐라고 말하고 있는지조차 알 수 없었다.

마침 나대방은 화장실에 가 있었고, 제시는 일일이 번역해 줄 만큼 친절하지 않았다.

"감사합니다."

루시아의 말을 듣고 나서야 용호는 지금 자신의 뒤에 서 있는 사람이 누군지 알 수 있었다.

"⋯⋯."

용호는 화들짝 놀라며 손을 치웠다. 갑작스러운 상황에 심장의 피는 더욱 빠르게 돌기 시작했고 몽롱했던 정신이 약간은 맑아지는 것 같았다.

"자, 이번이 마지막 라운드입니다. 다시 한 번 말씀드리지만 3분마다 스트레이트 한 잔을 마시지 않아도 패, 상대보다 먼저 코드를 작성하지 못해도 패, 작성된 코드에서 버그가 발견되어도 지는 겁니다."

나대방이 다시 한 번 규칙을 상기시켰다. 긴장된 분위기는 고조되어 갔지만 알코올 덕분인지 용호는 오히려 더욱 편안해졌다.

규칙 설명은 나대방이, 시작을 알리는 신호는 케네스가 맡았다.

"그럼 시작!"

케네스의 시작 소리에 맞춰 둘이 동시에 탑 코드에 만들어
진 방에 입장했다.

탑 코드에서 출제되는 문제는 무작위였다. 그리고 무작위 문
제의 대부분은 알고리즘을 푸는 문제였다.
어떤 상황을 주고, 해당 상황을 풀 수 있는 코드를 작성하는
것이었다.
이를테면 이런 문제였다.

문제.
다음과 같은 식을 만족하는 경우의 수를 구하시오.
AA+BC=100 이다. 위 식을 만족하도록 A, B, C를 대체할
수 있는 수를 찾으시오. 단 A, B, C는 한 자리 수이다.

제약 조건.
식에 오류는 없다고 가정한다. 가령 AA+BC=1,000처럼 두
자릿수를 더해 나올 수 없는 값은 고려하지 않아도 된다.
위에서 100은 예시일 뿐, 두 자릿수를 더해 나올 수 있는
어떤 수가 들어갈 수도 있다.

입력값.
위의 예에서는 11+89, 22+78…….

출력값

총 7가지.

이런 형태를 갖추고 있었다.

아주 간단한 문제가 이런 수준이었고, 현재 용호가 보고 있는 문제는 문제 설명만 열 줄을 넘어가고 있었다.

요점은 간단했다.

목적지까지 가기 위해 거쳐야 하는 고속도로가 존재한다. 그리고 해당 고속도로 통행료는 도로마다 제각각이다. 그중 가장 싸게 목적지에 도착했을 때 소비자가 지불해야 하는 비용이 얼마인지 구하는 문제였다.

주저리주저리 서술되어 있었지만 문제를 보는 순간 용호는 얼마 전 제프와 함께 학습했던 최소비용신장 알고리즘을 떠올렸다.

'다행이다……'

안도의 한숨을 내쉰 용호가 문제를 빠른 속도로 읽어 내려갔다.

그러나 용호만이 알고 있는 문제가 아니었다. 옆에 앉아 있는 마크도 어느 정도 해답을 알고 있는지 이미 키보드 위에서 손가락이 춤을 추고 있었다.

'빨리.'

한 발 늦게 용호도 코딩을 하기 시작했다. 용호가 코딩을 시작하자 데이브의 응원 함성도 더욱 커졌다.

　마크도 설마 용호가 이 정도까지 할 줄은 몰랐다. 용호를 깔보는 마음보다 스스로의 기술력에 대한 자부심이 있었다.
　알고리즘 문제들도 대학 시절부터 지금까지 수도 없이 풀어왔다. 그렇지 않으면 실리콘밸리에서 버틸 수 없다.
　능력이 없는 자에게는 한 치의 공간도 허락해 주지 않는 곳이 바로 실리콘밸리였다.
　'이거 위험할 수도 있겠는데……'
　평소 술을 좋아했기에 용호의 제안을 선뜻 수락할 수 있었다.
　그러나 이렇게 짧은 시간 안에 마신 적은 없었다. 한 시간이 채 되기도 전에 위스키를 스트레이트로 열 잔을 마셨다. 까딱 방심했다가는 알코올에 주도권을 내준 몸이 잠들어 버릴 것 같았다.
　그러나 버텨야 한다. 이대로 질 수는 없다. 회사 내에서의 명예와 자존심이 걸린 일이었다.
　세계 최고의 나라에서 태어나 세계 최고의 대학 중 한 곳을 졸업하고 세계 최고의 회사 중 한 곳을 다니고 있는 자부심이 갑자기 하늘에서 뚝 떨어진 동양인에게 무너질 수는 없었다.
　'이긴다.'
　마크가 전의를 다시며 코드를 작성해 나갔다. 흰색의 빈 공간을 코드들이 빠르게 채워 나가기 시작했다.

땡!

종을 치는 소리가 들리자 용호와 마크가 동시에 위스키 한 잔을 입에 털어 넣었다.

마지막 라운드가 시작된 지 벌써 십 분째, 둘 모두 세 잔씩의 위스키를 더 마신 상태였다.

탁!

둘은 거의 동시에 위스키를 마시고는 탁자 위에 잔을 내려놓았다. 술에 취해서인지 잔을 내려놓는 속도가 가히 전광석화 같았다.

잔이 깨지지 않는 것이 신기할 정도였다.

"가자! 이기자!"

"형님 힘내십시오!"

혹시라도 용호가 정신을 잃을까 데이브와 나대방이 소리 질렀다. 케네스 역시 그에 질세라 마크를 응원했다.

마지막 라운드여서인지 팽팽한 긴장감이 감돌았다.

쨍그랑.

용호 옆에 있던 잔이 바닥에 떨어지며 깨져 나갔다. 술기운을 견디지 못한 용호가 순간적으로 정신을 잃으며 고개를 숙이다 팔로 옆에 있던 잔을 친 것이다.

'헉.'

머리가 핑핑 돌고 있었다. 벌써 사십 도짜리 위스키 열세 잔을 마셨다. 시간을 두고 천천히 먹어도 취할 판인데 이 모두가 한 시간 안에 이루어진 일들이었다.

"시발……."

다행히 키보드에 머리를 부딪치지는 않아 작성해 둔 코드에 영향을 미치지는 않았다. 자칫 오타라도 치게 되면 그대로 승리를 넘겨주게 되는 꼴이었다.

알코올에 절어 몽롱해진 뇌는 그만 포기하고 잠들라는 명령어를 계속 내리고 있었다.

그 명령어를 정신력으로 억지로 버티는 중이었다. 욕이라도 내뱉어야 그나마 버틸 수 있을 것 같았다.

"형님!"

용호가 숙이고 있던 고개를 겨우 들자 나대방이 두 주먹에 힘을 가득 쥔 채 용호를 응원했다.

그 옆에서 루시아 역시 입을 꽉 다문 채 용호를 보고 있었다.

찌릿.

힘겹게 고개를 들어 올리던 용호의 흐리멍덩한 눈이 루시아의 간절함이 담긴 눈과 마주쳤다.

힘내세요.

말로 하지 않았지만 마치 텔레파시라도 통한 듯 용호의 머릿속에 루시아의 음성이 들려왔다.

간절한 음성이 잠들어가던 용호의 뇌세포를 깨워갔다. 숙여져 있던 고개가 다시 꼿꼿이 세워졌다. 새롭게 자세를 잡은 용호가 머리를 한 번 쓸어 넘기고는 다시 코딩에 집중해 나갔다.

SUBMIT.

거의 동시에 제출 버튼을 클릭한 둘이 동시에 오른손을 번쩍 들었다. 육안으로는 누가 먼저 손을 들었는지 판별할 수 없을 만큼 간발의 차이였다.

팁을 받고 임시 심판을 보던 종업원도 구분을 하기 힘들었는지 아무 말도 하지 못하고 있었다.

"거, 거의 동시에 손을 들었으니… 먼저 결과를 확인해 볼까요?"

나대방도 구분이 쉽지 않은지 얼떨떨해하며 말했다. 만약 결과가 틀리다면 둘 중 하나의 패배는 확실한 상황, 둘은 서로의 노트북을 보여주며 코딩 결과를 공개했다.

1,130불.

1,130불.

용호가 작성한 코드의 결과와 마크가 작성한 코드의 결과가 동일했다. 코드를 작성한 속도로도, 코드를 통해 나온 결과로도 승패를 구분할 수 없게 된 것이다.

"버, 버그도 없나요?"

끄덕끄덕.

긍정의 의미였다. 버그가 있었다면 애초에 결과가 나오지도 않았을 것이다.

이제 최후의 수단만이 남았다.

      *   *   *

한 치의 차이도 없는 동일한 결과.

두 개의 모니터에 출력되어 있는 똑같은 출력값 덕분에 누구도 쉽사리 입을 떼지 못했다.

"그, 그럼 성능 측정을 해볼까요?"

케네스도 긴장이 되는지 바싹 마른입에 물 한 모금을 머금었다. 그러한 현상은 케네스에게서만 나타나는 것이 아니었다. 나대방, 데이브, 루시아, 제임스 등등 하나같이 음료를 마셨는지 목울대가 꿀렁였다.

성능 측정.

대부분의 프로그램은 입력값과 출력값이 존재한다. 입력값이 많아져도 빠르게 출력값을 뱉어내는 프로그램이 훌륭한 프로그램이라는 것은 누구나 인정하는 사실이었다.

버그 하나 없는 프로그램이었기에 마지막으로 성능을 측정하는 방법이 사용되는 것이다.

성능 측정의 방법은 입력값을 배수로 늘려가는 것이다. 처음에는 2배, 4배, 8배, 16배로 늘려 가며 성능을 측정해 눈에 띄게 확연한 차이가 벌어지는 순간 승자를 결정한다.

두 사람이 작성한 프로그램에 넣을 입력값을 준비하기 위해 잠시 쉬는 시간을 가졌다.

"괜찮아?"

데이브가 걱정스러운지 용호의 등을 두드렸다. 짧은 시간 내에 위스키 반병을 마셔 버린 결과, 용호는 제대로 정신을 차리기가 힘들었다.

머리가 시켰다기보다는 몸이 시키는 대로 코딩했다. 지금까지 쌓아온 노력이 담겼다고 보면 되는 것이다.

그건 마크라고 해서 크게 다르지 않았다.

용호는 대답할 기운도 없는지 눈을 껌벅이며 고개를 끄덕였다.

"이제 곧 결과가 나올 거야."

7ms/6ms.

20ms/22ms.

50ms/46ms.

나대방이 중계하듯 소리쳤다. 입력값을 배로 늘릴 때마다 결과가 출력되는 시간도 그에 맞춰 늘어났다.

성능은 작성된 프로그램의 시작점에서 찍은 시간과 프로그램이 끝나는 부분에 찍은 시간의 차이로 계산되었다.

720ms/810ms.

1,321ms/1,523ms.

첫 번째 결과가 용호의 프로그램이었고 두 번째 결과가 마크의 프로그램에서 찍히는 시간의 차이였다.

조금씩이지만 격차가 벌어지고 있었다. 그러나 아직 오차 범위 내에 있다고 할 수 있었다. 누구나 인정할 수 있을 만큼의 확연한 차이가 보이기 전까지 승패를 결정하기 힘들었다.

혹시나 성능 측정을 하게 되는 상황까지 오게 될 경우를 대비해 동일한 사양의 컴퓨터를 준비했다. 뿐만 아니라 내부에 설치된 프로그램까지 동일하게 준비해 성능 측정 시 나타날 오차를 최대한 줄였다.

그래도 몰랐기에 1에서 1,000ms 정도의 차이는 오차 범위 내로 보기로 사전 약속이 되어 있었다.

5,312ms/6,533ms.

"형님. 이겼어요!"

결과를 확인한 나대방이 환호성을 질렀다. 너무 큰 기쁨에 나대방은 저도 모르게 한국어로 외쳤다. 알아듣지는 못했지만 뭔가 상황이 변했음을 감지한 사람들이 모니터를 확인했다.

용호 쪽의 사람들은 기쁨에 젖어들었고 케네스와 마크는 아연실색했다.

겨우 정신을 부여잡고 있던 용호는 결과를 듣자마자 스르륵 눈을 감았다.

이겼다.

희미하게 감기는 눈 사이로 사람들이 환호성을 지르며 자신에게 다가오는 것이 느껴졌다. 용호는 눈을 감아 보지 못했지만 두 팔을 벌리고 다가오는 사람들의 제일 앞줄에 있었던 건 루시아, 그녀였다.

*　　　　*　　　　*

머리가 깨질 듯 아파왔다. 몸 전체가 말라비틀어진 사막처럼 건조했다. 누가 두었는지 침대 옆 탁자 위에 물이 한 병 놓여 있었다.

"헉, 헉……"

용호는 거친 숨소리를 내뱉으며 급하게 물을 들이켰다. 아무리 먹어도 갈증은 해소되지 않았다. 더 이상 먹었다가는 역류할 것 같았기에 물병을 내려놓고 다시 이불 속으로 몸을 감추었다.

'내가 다시는 술을 먹나 보자.'

누군가 머리에 종을 울리고 있는 것 같았다. 배 속에서는 거친 폭풍우가 몰아치고 있었다.

'그래도 다행이다.'

용호가 느끼는 안도감은 단순히 곤경에 처한 한 여자를 구했다는 것에만 있지 않았다.

'노력이 헛되지 않았어.'

마크라는 프로그래머와의 승부를 통해 용호는 자신의 실력을 객관적으로 입증해 보였다. 최소한 마크라는 프로그래머보다는 코딩을 잘한다고 할 수 있었다.

마크는 회사 내에서도 웹 쪽에서는 인정받는 실력자였다. 그런 사람을 이긴 것이다.

'수고했다.'

용호는 스스로를 칭찬했다. 쉼 없이 달려온 결과가 그리 나쁘지 않았다.

'그래도 머리는 너무 아프네.'

머리카락을 모두 쥐어뜯고 싶을 정도로 고통이 심했다. 숙취의 아픔에서 벗어나기 위해서는 잠이 더 필요할 듯싶었다.

지독한 악몽이었다. 눈을 감고 있기가 무서웠다. 용호는 잠에서 깨자마자 다시 물을 찾았다. 그새 다 먹었는지 물병의 물이 바닥을 보이고 있었다.

'얼마 안 됐나 보네.'

창가 너머로 보이는 날이 무척 밝았다. 용호는 여전히 토요일 아침이라 생각했다. 타는 듯한 목마름에 물을 찾아 주방으로 걸어갔다.

"아아악!"

주방으로 가다 말고 용호는 그대로 바닥에 주저앉을 수밖에 없었다. 피 칠갑을 한 형체 하나가 주방에서 어슬렁거리고 있었다.

비명을 들은 피 칠갑을 한 미지의 생물이 고개를 돌려 용호를 바라보았다.

"형님, 깨셨어요?"

나대방이 쓰고 있던 가면을 벗으며 말했다. 그때까지도 용호
는 제대로 정신을 차리지 못했다.

아직 꿈이라고 생각했는지 몇 번이고 눈을 비비고 있었다.
그러나 결과는 마찬가지였다. 시간이 흐르자 용호의 눈에도 나
대방의 얼굴이 들어오기 시작했다.

"너냐?"

"네. 멋있죠? 오늘이 할로윈 데이라고 데이브가 하나 줬어
요."

"……."

"그나저나 허리 안 아프세요? 하루 종일 잠만 자시고."

"웅? 오늘 토요일 아냐?"

"…정신 차리세요. 오늘 일요일이에요."

"그, 그래."

주저앉아 있던 바닥에서 일어나 냉장고에서 물을 한 통 꺼
내 들어 반쯤을 비워냈다.

그제야 조금씩 정신이 돌아오는 것 같았다.

할로윈 데이.

늦가을을 지나 겨울의 초입으로 들어서는 날에 벌어지는 축
제의 하나였다.

덕분에 집 안은 난장판이었다. 데이브는 가지고 있는 모든

분장 도구를 거실에 널널이 깔아놓은 채 어떤 콘셉트를 잡을 지 고민하고 있었다.

"용호도 하나 골라봐."

데이브의 권유에 용호는 고개를 저었다. 들어보니 파티에 참 가하려 하는 것 같았다.

파티에 참석하게 되면 술은 필수였다. 아직 숙취에 시달리는 용호는 알코올 냄새만 맡아도 구토가 올라올 것 같았다.

"나는 집에서 쉬려고."

"형님, 파티라고요. 파티, 진짜 안 가실 거예요?"

나대방은 파티라는 말을 듣고는 들뜬 기색이 역력했다. 피 칠갑을 한 분장을 한 것도 파티에서 관심을 집중시키기 위해서 였다.

"너, 혜진이한테 이른다?"

"형님! 제가 무슨 여자를 만나겠다는 것도 아니고 왜 이러십 니까."

"그러면 나는 빼놓고 조용히 갔다 와."

용호의 협박에 나대방이 조용해졌다. 이제는 정신없이 분장 도구를 고르던 데이브가 용호의 파티 참가를 종용하려는 찰나 누군가 현관문을 두드리는 소리가 들려왔다.

데이브. 나대방. 용호

수컷 세 마리는 하나같이 떡 벌어진 입을 감추지 못하고 있 었다.

현관문 앞에는 두 명의 여자가 서 있었다.

제시와 루시아.

제시는 캣우먼 복장을 하고 있었다. 검은색 가죽 타이즈가 제시의 매끈한 몸매를 여실히 보여주고 있었다. 특히 탄탄한 힙에 뽀족이 올라와 있는 꼬리가 인상적이었다.

루시아는 원피스 모양의 간호사 복장에 군데군데 빨간색 페인트로 포인트를 주었다. 원피스는 루시아의 볼륨감 있는 몸매를 충분히 살려줄 만큼 짧고, 파였으며, 몸에 밀착되어 있었다.

"들어가도 될까?"

멍청하게 서 있는 세 명의 남자를 보며 제시가 물었다. 그제야 정신을 차린 나대방이 어서 안으로 들어오라며 손짓했다.

"덕분에 잘 해결된 것 같아요. 정말 감사합니다."

루시아가 감사 인사를 하며 꾸벅 고개를 숙였다. 순간적으로 용호는 고개를 돌릴 수밖에 없었다. 간호사복을 본따 만든 원피스는 깊게 파여 뽀얀 속살을 보이고 있었고, 루시아가 고개를 숙임으로써 더 깊은 안쪽까지 그 정체를 보이려 했기 때문이었다.

"괜찮아요. 별것도 아닌데 너무 신경 쓰지 않아도 됩니다."

용호는 애써 사무적으로 대답했다. 당연히 해야 할 일을 했을 뿐이었다.

사무적인 용호의 태도를 느껴서일까, 잠시간 두 사람 사이에 어색한 침묵이 지나가고 루시아가 용호에게 물어왔다.

"오늘 파티에는 가시나요?"

"아, 숙취 때문에 힘들 것 같아요."

용호가 난색을 표했다. 그 말에 루시아가 아쉬움 때문인지 자그맣게 한숨을 내쉬었다.

"그래도 같이 가면 재밌을 텐데……."

"대방이까지 이 대 이가 딱 맞는데 제가 끼면 그렇잖아요."

용호가 이번에는 다른 핑곗거리를 들먹였다. 나대방까지 끌어들이자 루시아도 체념했는지 더 이상 말을 꺼내지 않았다.

"……."

"그럼 재밌게 놀고, 회사에서 만나요."

용호는 침대로 다시 돌아가기 위해 자리에서 일어났다. 하루종일 자고 일어나 일요일 아침이 되었지만 조금 더 자고 싶었다. 아직 숙취가 완전히 풀리지 않은 상태였다.

"자, 잠깐만요."

자리에서 일어나려는 용호의 팔을 루시아가 급히 붙잡았다. 숙취 때문에 용호는 아직 몸이 완전히 회복되지 않았다. 더구나 토요일 하루 종일 죽 한입 입에 대지 못한 상태였다. 다리에 힘이 들어갈 리가 없었다.

비록 여자였지만 갑자기 당기는 힘에 용호는 속절없이 끌려가는 수밖에 없었다.

쿵.

'어어' 하는 사이 용호의 몸이 루시아를 덮쳤다. 피하려 했지만 쉽지 않았다.

더구나 루시아는 짧은 원피스를 입고 있는 상황이었다. 용호의 몸과 닿아 있는 대부분이 옷의 보호를 받지 못하고 있었다.

파티에 참가하기 위해 정성껏 꾸몄다. 화장을 하고 머리를 매만지고 아끼는 향수까지 아낌없이 투자했다.

새빨간 페인트를 칠할까 몇 번이고 고민했다. 간호사 복장만으로도 충분히 괜찮은 것 같았지만 너무 흔해 보였다.

시선을 사로잡을 포인트를 주고 싶었다.

'이 정도면 괜찮겠지.'

전신 거울에 비친 자신의 모습은 충분히 만족스러웠다. 루시아의 머릿속에는 그날의 일이 계속해서 리플레이되고 있었다.

위스키가 주는 술기운을 이겨내고 코딩을 하던 모습.

고개를 숙이며 위기 상황에 빠져들기 전 자신과 마주쳤던 눈빛.

그 뒤로 되살아나 결국에는 승리를 쟁취한 모습.

외적인 매력은 그리 크지 않았다. 그러나 자상한 행동, 위기 상황을 극복하는 정신력, 똑똑한 머리가 너무나 섹시하게 다가왔다.

더구나 이미 회사에서도 충분히 실력을 인정받고 있는 능력자였다.

'마음에 들어 할까.'

루시아의 걱정은 기우에 불과했다.

용호의 볼이 순식간에 새빨갛게 변했다. 서로의 숨소리가 들리는 거리였다. 루시아에게도 용호의 거칠어진 숨소리가 전달되었다.

'하아⋯⋯.'

용호는 희미해지려는 정신을 겨우 붙잡고 있었다. 온몸의 말초신경이 아우성을 치고 있었다.

'이, 일어나야지.'

몸이 정신의 명령을 거부하고 있었다. 용호는 겨우 마음을 다잡고 루시아에게서 몸을 떼고 있었다.

"용호, 어디야. 나 왔어. 죽 사 왔어."

유소현의 목소리가 들리는 듯했다. 순간 용호는 환청이 들리나 싶었다.

분명 아침에 도착한 문자에 답장을 한 기억은 있었다. 숙취로 몸져누워 아무것도 먹지 못하고 있다고 했던 것 같았다.

전화 통화도 없이 문자로만 했던 대화였다. 그래서 환청이 들리나 싶었다.

툭.

바닥으로 무언가가 떨어져 내렸다. 루시아에게서 몸을 떼던 용호는 분명 보았다.

비닐봉지 하나가 떨어져 내렸다.

시선을 좀 더 위로 올려다보았다.

그곳에 유소현, 그녀가 서 있었다.

환청이 아니었다.

허깨비도 아니었다.

분명한 실체를 가지고 있는 그녀, 유소현이 두 눈을 동그랗게 뜬 채 바닥에 엉겨 붙어 있는 루시아와 용호를 바라보고 있었다.

Chapter 5
한계 돌파

"헤이, 카사노바!"

출근하자마자 용호가 들은 소리였다. 데이브는 놀릴 거리가 생겼다는 것이 즐거운지 하루 종일 용호의 뒤를 병아리처럼 졸졸 따라다니며 놀려댔다.

"형님, 정말 존경합니다."

그에 반해 나대방은 무한한 존경의 눈빛을 보내왔다. 눈빛에 담겨 있는 것이 진심이라는 사실이 더 무서웠다.

"그만하라고!"

용호가 소리쳤지만 그렇다고 들을 사람들이 아니었다. 그 모습을 루시아가 복잡 미묘한 표정으로 바라보고 있었다.

다행히 유소현은 용호의 설명을 처음부터 끝까지 차근차근 들어주었다.

중간중간 루시아를 보는 눈빛이 심상치 않았지만 그것을 가지고 뭐라 할 입장은 되지 않았다.

결국 할로윈 파티는 가지 않았다. 그렇다고 유소현이 집에 남아 용호를 돌봐주지도 않았다.

'몸도 아프고 마음도 아프고……'

모두가 떠난 집을 홀로 지키며 유소현이 사온 죽을 한 입 떠먹어 보았다.

아직 온기가 남아 따뜻했다.

'집에 가고 싶다.'

순간 용호는 유소현도 루시아도 아닌 엄마가 보고 싶었다.

그게 바로 며칠 전의 일이었건만, 그날의 일이 두고두고 놀림감이 되어버렸다.

"일이나 해! 나대방, 너 개발 다 끝났어?"

용호가 나대방을 보며 물었다. 어차피 데이브를 일로 압박할 수는 없다. 분야도 달랐고 같은 책임자급 레벨이었기에 만만한 것이 나대방이었다.

"형님, 사람이 그러는 거 아닙니다."

나대방이 잽싸게 자리에 앉았다. 한층 업그레이드된 프로그램을 만든다는 것은 결코 쉬운 일이 아니었다. 신세기에서 제작된 이미지 처리 라이브러리의 성능을 높이기 위해서는 기존의 방식으로는 불가능했다.

처음 구조부터 새롭게 올려 나가고 있었다. 흡사 건축 도면부터 다시 그리는 것과 비슷했다..

"그러니까 어서 앉아서 일하세요. 나. 대. 방. 씨."

나대방이 자리에 앉자 그제야 데이브도 자리에 돌아갔다. 둘이 어찌나 죽이 잘 맞는지 어느새 회사 내에서 데이브의 세컨드로 자리 잡고 있었다.

그 뒤로 마크는 별다른 말이나 행동을 보이지 않았다. 그저 묵묵히 자신이 맡은 일에만 열중하고 있었다.

용호 역시 융통성을 발휘해 마크의 코드에서 발견되는 자잘한 지적 사항들을 묵인해 주었다.

언제나 일정은 촉박하다.

하나하나 지적하며 일을 진행하기에는 용호도, 마크도 시간이 부족했다.

'케네스가 이상하단 말이야……'

용호는 뒤를 보지 않아도 알 수 있었다. 마크가 잠잠한 반면 케네스의 반응이 심상치 않았다.

일을 하고 있는 짬짬이 용호를 한 번씩 노려보고는 했다. 처음에는 그러려니 했지만 몇 번이고 반복되자 찝찝함이 밀려왔다.

'할 일도 많아 죽겠는데.'

그렇지 않아도 서버 쪽 개발에 조금씩 로드가 걸리고 있었다.

사용자를 더 많이 접속할 수 있게 하고 속도는 더 빠르게, 라는 상황을 가정하고 만들려니 쉬운 일이 아니었다.

 마크와의 신경전에 가뜩이나 많은 시간을 빼앗긴 상태였다. 일분일초가 부족했다.

 '모르겠다. 일단 일이나 해야지.'

 케네스까지 신경 쓰다가는 노이로제에 걸릴 것 같았다. 이미 번 아웃 증상도 경험해 본 용호였다.

 이럴 때는 그저 신경을 끄는 것이 답임을 용호는 이미 경험을 통해 알고 있었다.

 본격적으로 집중해 일을 시작해 나가자 개발은 빠른 속도로 진행되었다.

 루시아를 제외하고는, 용호가 책임지고 있는 프로그래머들의 코드도 대부분 크게 지적할 사항이 없었다.

 더구나 용호는 이미 코딩이라면 눈을 감고도 할 수 있는 수준이었다. 마치 능숙한 소설가가 글을 쓰듯 빠르게 코딩을 해나가고 있었다.

 예전 용호의 모습을 생각하면 상상도 할 수 없는 모습이었다.

 '나도 많이 발전했다.'

 처음 프로그래밍을 배울 때는 코딩 한 줄 하고 나서 인터넷을 찾아보아야 했다.

 함수는 제대로 사용한 건지, 사용한 함수가 작동하는 원리는 무엇인지 일일이 검색을 하고 나서야 다음으로 넘어갈 수 있었다.

그러나 이제는 아니었다.

강물이 흘러가듯 시원스럽게 코딩을 해나갔다.

'이 정도 속도면 일정보다 빨리 끝나겠는데.'

속도가 빠른 가장 큰 요인은 버그 창이었다. 프로그램에 버그가 있다 싶으면 바로 확인과 조치가 가능했다.

용호는 새삼스럽게 버그 창의 존재를 감사하게 여겼다.

'고맙다.'

고디바 초콜릿을 한 입 베어 문 용호가 다시금 일에 집중했다. 아직 개발이 끝난 것은 아니었다.

용호가 개발하고 있는 분야는 서버 사이드였다.

흔히 우리가 접속하는 웹 포털 사이트를 서버라 볼 수 있었다. 접속하는 사람이 클라이언트이고, 클라이언트가 접속하는 대상을 서버라고 볼 수 있는 것이다.

좀 더 정확히 말해 웹 포털 사이트는 웹 서버라고 부른다.

게임에서 사용하는 것은 게임 서버.

채팅을 할 수 있게 해주는 것은 채팅 서버.

이처럼 서버 앞에 붙는 것은 용도라고 할 수 있었다.

서버는 사용의 용도에 따라 나눌 수 있는데 그 이유는 용도에 따라 서버를 만들기 위한 소프트웨어가 달라지기 때문이다.

결제를 처리하기 위한 서버는 보안에 좀 더 신경을 써야 하고, 웹을 표현하기 위한 서버는 HTTP라는 통신 프로토콜이 지원되어야 했다.

그중에서도 현재 용호가 개발하고 있는 것은 이미지 처리 API(Application Programming Interface) 서버라 불리는 것이었다.

사용자가 사진을 찍어 용호가 구현한 서버로 보내면 빠르게 해당 이미지를 원하는 결과로 변환하여 다시 반환해 준다.

이러한 서버에서 가장 중요한 것은 성능이었다.

'용량을 조금만 더 줄이면 괜찮을 것 같은데.'

실제 이미지를 처리하는 부분은 나대방의 담당이었다. 용호는 서버가 대량 접속자를 처리할 수 있도록 만드는 것에 중점을 두고 있었다.

일일 사용자만 7천만 명이 넘어가는 사이트를 운영하고 있는 회사였다. 서버 운영에 대한 노하우가 충분히 축적되어 있었다. 그러나 현재 용호가 하고 있는 것은 기존의 방식을 따르고 있지 않았다.

'100대의 서버가 필요한 일을 10대가 할 수 있도록 만들어야 돼.'

용호 스스로 정한 기준이었다. 계속 기존의 방식을 따라만 해서는 발전이 없었다.

초창기에는 따라 하는 것만으로도 많은 발전을 이룰 수 있었다. 안병훈, 손석호, 제프 던 등등 수많은 사람들을 만나고 그들의 방식을 따라 하며 발전해 왔다.

또한 버그 창의 안내도 무수히 따라 했었다.

이제는 모방이 아닌 창조를 하고 싶었다.

그래서 스스로 정한 것이 기존 회사에서 돌아가고 있는 서버가 열 배의 성능 향상을 보이도록 만드는 것이었다.

그러나 문제는 서버 그 자체에만 있지 않았다.

'네트워크에서 걸리는 시간도 상당하단 말이야.'

아무래도 이미지는 네트워크망을 통해 전송되어야 했다. 텍스트보다 사이즈가 크다 보니 전송 시간도 무시할 수가 없었다.

한두 장이라면 문제가 없지만 칠천만 명의 사용자가 보내는 이미지였다.

흔히 보는 영화 한편이 2GB였다. 용호는 한 번에 영화 300편이 네트워크망을 통해 서버로 들어온다고 가정하고 구현을 하고 있는 중이었다.

'비동기 처리만으로는 한계가 있어… 그렇다고 내가 이미지 압축을 할 수도 없고……'

코딩을 해나가던 용호가 부딪친 최대 난관이었다. 비동기 처리는 순서대로 처리하지 않겠다는 것이었다.

원래는 A 사용자가 먼저 데이터를 보내면 A 사용자가 보낸 데이터를 모두 처리할 때까지 서버는 다른 일을 하지 않는다.

그러나 비동기 처리는 A라는 사용자가 보낸 데이터를 처리하는 중 B라는 사용자가 데이터를 보내면 해당 데이터도 처리

한다.

속도는 빨라지지만 중간에 데이터가 꼬일 가능성은 높아지는 것이다. 코딩의 난이도가 올라가는 것이지만 용호에게 문제는 그러한 코딩상의 난이도가 아니었다.

네트워크를 통해 이동하는 이미지의 용량을 줄여야 했다. 용량이 줄어들면 네트워크상에서 잡아먹는 시간이 당연히 줄어든다.

거기에 서버에서 처리할 양도 함께 줄어드는 것이다.

'어떻게 해야 할까……'

키보드 위에서 현란하게 춤을 추던 용호의 손도 멈춰져 있었다. 코딩을 하는 시간만큼 생각을 하는 시간도 중요했다.

머릿속에 있는 것을 구현하는 단계까지는 올라선 용호였다. 이제 머릿속에서 어떻게 구현해야 할지에 대한 로직을 세우는 것이 더 중요했다.

*　　　　*　　　　*

"제프, 집에 가자."

"오늘은 안 될 거 같아."

"너무 무리하는 거 아냐?"

"하나만 확인하고 갈 테니까, 먼저 가."

조녀선의 말을 듣는 둥 마는 둥 한 채 제프는 입에 물고 있던 담배를 구둣발로 비벼 껐다. 그러고는 다시 사무실로 올라갔다.

밤 11시가 다 되어가는 상황이었다. 제프는 사무실에 아무도 없을 것이라 생각하고 다시 담배를 하나 빼 물었다.

"이상하단 말이야."

그러고는 두 다리를 책상 위에 탁 걸친 채 이보다 더 편할 수 없는 자세를 취하고 있었다.

잡힐 듯 말 듯 한 녀석이 제프를 감질나게 하고 있었다. 이 녀석만 잡으면 목표하고 있던 바에 어느 정도 도착할 수 있을 것 같았다.

"알고리즘에 뭔가 이상이 있나……."

가만히 앉아서는 생각이 나지 않는지 자리에서 일어나 칠판 앞으로 걸어갔다.

입에 물고 있는 담배를 연신 피워대며 칠판에 수식을 적어나 갔다. 혹시나 이상이 있는지 점검해 보고자 하는 것이 주목적이었다.

"이상이 없는데……."

분명 다시 한 번 풀어보았지만 이상이 없었다. 제프는 이해가 가지 않는다는 듯 다시 자리에 앉아 코드를 살펴보았다.

의자 깊숙이 등을 기대고 앉아 생각에 잠겨 있는 제프의 귀로 두런두런 말소리가 들려왔다.

"흥! 이런 걸로 될 거 같아?"

"물론 그날 당황스러웠겠지만… 정말 의도치 않은 상황이었다니까."

용호가 한 손에는 커피를 다른 손에는 초콜릿 꾸러미를 들고 있었다. 앞서 가는 유소현은 새침해 보이는 표정을 풀지 않았다.

아직 할로윈 데이의 앙금이 남아 있는 탓이었다.

"그래서 죽은 다 먹었고?"

"진짜 맛있었어. 그것 때문에 이렇게 회복된 거 같아."

다행히 입에 바른 말만 하는 용호의 노력이 차츰 통하고 있었다. 유소현의 새침한 표정도 풀릴 듯했다.

"뭐, 그렇다면……."

유소현이 이쯤에서 봐줄 듯 말끝을 흐렸다. 그렇게 둘은 대화를 나누며 유소현이 근무하고 있는 사무실 입구로 들어서고 있었다.

"여기가 너네 집이냐?"

까칠한 제프의 말에 당황한 건 유소현이었다. 용호는 이미 제프의 이런 성향을 알고 있었다.

신기한 건 친해질수록 까칠해진다는 점이었다. 처음 만났을 때와는 달리 함께 있는 시간이 늘어갈수록 제프의 까칠함이 더해졌다.

"제 스승님이 계신, 마음의 고향이라 할 수는 있겠죠."

당황해 아무 말도 하지 못하는 유소현을 대신해 용호가 나섰다. 유소현은 뭐라도 변명을 하려 했지만 굳이 그럴 필요가 없었다.

"헛소리만 늘어서는… 시간도 늦었는데 소현 씨도 어서 퇴근하세요."

제프가 다소 누그러진 투로 말했다. 유소현은 아직 일을 시작한 지 얼마 되지 않은 시점이었기에 적응할 겸 회사에 남아 있었다.

마침 용호가 온다기에 잠시 나갔다 온 참이었다.

모두 퇴근한 줄 알았건만 아직 한 사람, 제프가 남아 있었다.

"그런데 제프는 퇴근 안 하고 뭐 하세요?"

용호가 제프 쪽으로 가까이 다가가며 물었다. 뭘 하기에 집에 가지도 않고 있는지 궁금했다. 봐둬서 결코 손해일 것 같지 않았다.

"어디서 또 내 걸 빼먹으려고, 저리 썩 꺼져."

"아이, 이거 왜 이러실까. 서로 돕고 살아야죠."

"너한테 받을 도움 없다니까 그러네."

"벌써 두 번이나 도움 드린 거 잊으셨습니까?"

능글맞은 용호의 태도에 제프는 어이가 없는지 그저 가만히 앉아 있을 뿐이었다. 사람들이 들어오자 그새 물고 있던 담배를 버렸는지 희미한 담배 냄새만이 그가 흡연을 했다는 사실을 알리고 있었다.

"우연으로 몇 개 맞춘 놈이 말은."

용호가 바로 옆에 왔음에도 제프는 굳이 모니터를 감추지 않았다. 보고 싶으면 보라는 태도였다.

용호도 굳이 사양하지 않고 제프가 작성해 놓은 코드를 유심히 살펴보았다.

"한번 실행해 보세요."

"야, 내가 실행하라면 하고 말라면 마는……."

제프는 끝까지 말을 있지 못했다. 중간에 용호가 끼어들어 프로그램을 컴파일하고 실행시켜 버린 탓이었다.

프로그램이 실행되고 나서는 아예 말문이 막혀 버렸다.

"이거 제가 해결하면 소스 좀 참고해도 되겠습니까?"

제프가 어처구니가 없다는 듯 용호를 보고 있었다. 제프의 그런 눈빛을 용호도 굳이 피하지 않았다.

어차피 버그 창에 나와 있는 안내를 따른다면 10분 안에 해결될 일이었다. 10분 만에 해결해 주고 제프의 소스를 참고할 수 있다면 수지맞는 장사다.

*　　　　*　　　　*

항상 시니컬해 보이는 제프가 처음으로 너털웃음을 터뜨려 보였다.

"푸하하하하."

제프의 웃음에는 약간의 어이없음과 비웃음, 그리고 설마라는 불안이 담겨 있었다.

용호는 굳이 설명할 필요가 없었기에 조용히 서 있었다. 같이 들어왔던 유소현도 갑자기 제프가 웃자 긴장한 채 자리에 앉아 있었다. 함께 일을 한 지 얼마 되지 않았지만 합리적이고 냉정할지언정 웃어 보인 적은 거의 없었다.

"……."

"용호, 아무리 그래도 이건 아니잖아. 문제를 해결한다고?"

"네."

"푸하하……."

용호가 확신을 가지고 대답하자 제프가 다시 한 번 웃어댔다. 배까지 쥐어 잡고 허리를 숙이며 웃는 모습이 그리 좋아 보이지는 않았다.

그러한 제프의 반응에도 용호는 한 치의 미동도 없이 자리에 서 있었다.

"이건 책에 나오는 예제가 아냐."

한참을 웃고 난 제프의 음성이 진지하게 변해 있었다. 이미 용호에게 두 번의 도움을 받았지만 아직 우연이라는 생각이 강했다.

알고리즘 수업 당시 용호의 수준을 너무 적나라하게 알아버린 탓이었다.

평범한 사람이 가질 수밖에 없는 한계.

알고리즘이라는 거대한 벽.

그 벽 앞에 용호가 서 있는 모습을 제프는 똑똑히 보았다.

가만히 앉아 있어도 머릿속에 숫자가 각인되고 서너 자릿수의 숫자 간에 이루어지는 사칙 연산은 자동으로 계산되는 사람이 있다.

그런 머리를 타고난 사람이 바로 제프다.

한 번 본 장면이나 책은 쉽게 잊어버리지도 않았다.

소위 말하는 천재다.

컴퓨터에 흥미가 있어 공부를 시작했고 빠른 속도로 성장했다. 이제는 어디 가서 회사 명함도 필요가 없었다.

이름만 대면 사람들이 알아보았다.

똑똑한 머리 탓이 컸다.

그러나 용호는 아니었다.

용호는 노력이 필요해 보였다.

아니, 노오오오오력이 필요해 보였다.

남들의 곱절만큼의 노력이라도 해야 자신의 발치에나 따라올 수 있을까?

그러나 아무리 노력해도 자신처럼은 결코 될 수 없을 것이라 생각했다.

천재와 범재의 간극은 종이 한 장 차이라지만, 그 종이 한 장의 차이를 극복한 사람을 지금껏 본 적이 없었다.

제프가 자신을 무시한다고 느꼈는지 용호의 표정도 조금이지만 굳어졌다. 둘 사이에 공기가 팽팽하게 당겨지며 긴장감이 형성되었다.

"저도 이제 책이나 보며 공부하는 학생이 아닙니다."

"…그럼 만약 해결 못 하면 어떻게 할 건데? 누누이 말했듯이 내 소스는 아무에게나 보여주는 게 아냐."

"매일 밤, 이곳에 와서 잡다한 일을 하겠습니다."

용호의 제안은 제프로서도 구미가 당기는 일이었다.

스타트 업은 항상 일손이 모자란다.

제프가 보기엔 용호에게 고난이도의 알고리즘 문제까지 맡길 수는 없지만 소스 정리나 웹 개발, 또는 앱과 같은 프런트앤드 개발을 맡겨도 괜찮을 것 같았다.

"그러면 한 시간 안에 해결해 볼래?"

"네."

못 먹어도 고였다.

용호는 바로 고개를 끄덕였다.

얼핏 살펴보니 파일 압축과 관련된 프로그램이었다. 자세히 살펴보지는 못했지만 간간이 보이는 주석에 그런 의미가 담겨 있었다.

제프가 작성한 소스를 가져다 현재 개발 중인 서버와 클라이언트에 적용한다면 혁신적인 성능 향상을 위한 답이 보일 것도 같았다.

제프는 다시 담배를 피우기 위해 밖으로 나갔다. 유소현은 멀뚱히 용호를 보고 있었다.

자신을 보러 와놓고선 갑자기 일을 하고 있었다.

'뭐, 뭐야……'

섭섭했지만 한편으로는 더욱 끌리는 감정을 주체하기 힘들었다.

제프는 회사 내에서도 누구도 함부로 말을 거는 사람이 없었다. 그의 까칠함도 한몫했지만 기본적으로 대화가 통하지 않았기 때문이다.

1, 2, 3, 4, 5로 올라가는 레벨이 있다면 제프의 레벨은 5였다. 그러나 유소현이 본 회사 사람들 중 제프와 동일한 수준의 사람이 없어 보였다.

프로그래밍을 하나도 모르는 유소현이 보기에도 딱 티가 나 보였다.

회의는 언제나 제프의 일방적인 강의로 끝나기 때문이었다.

'친한 건지… 능력이 있는 건지.'

그런 제프와 아무런 스스럼없이 대화를 나누고 있었다. 아마 그만큼 능력이 있는 것이리라.

더구나 지금 보여주고 있는 모습은 더욱 인상적이었다.

'엄청 집중하나 보네.'

모니터를 보며 집중하는 모습이 매력적이었다. 주위의 모든 것을 배제한 채 오로지 프로그래밍에만 집중하는 행동이 섹시해 보이기까지 했다.

'해결하면 봐주고, 못 하면 두고 보자.'

자신을 배제한 채 일만 하는 모습이 한편으로는 괘씸하기도 했다. 유소현은 남몰래 이를 갈며 코딩을 하고 있는 용호를 바라보았다.

용호는 빠르게 문제를 해결해 나갔다. 버그 창의 안내는 그만큼 친절했다. 버그를 수정하는 도중 도중 용호는 제프의 실력에 감탄할 수밖에 없었다.

"예측이라……."

허프만 알고리즘에 예측이라는 요소가 가미되어 있었다.

허프만 알고리즘.

우리가 사용하는 파일 압축 프로그램에 대부분 적용되어 있는 것이 허프만 알고리즘이다.

제프는 허프만 알고리즘에 예측을 도입해 파일을 이루고 있는 각각의 데이터 바로 옆에 어떤 데이터가 올지 예측하고 있었다.

이를테면 우리가 보는 사진에 하늘이 찍혀 있다고 가정했을 때 해당 사진은 대부분 파란색으로 되어 있을 것이다.

그렇다면 파란색 옆에는 파란색이 올 확률이 높은 것이다.

제프는 이러한 개념을 압축에 도입한 것이다.

"클래스가 다르구나."

용호는 다시금 제프의 클래스를 느꼈다.

온몸에 차오르는 짜릿한 전율.

발끝에서부터 시작된 전율이 머리끝까지 올라갔다가 다시 전신을 휘감아 돌았다.

"아……."

용호가 나직이 탄식했다.

지금까지 했던 공부들이 퍼즐의 조각이 맞춰지듯 하나씩 자리를 잡아가며 제프의 코드가 이해되고 있었다.

공부를 하다 보면 어느 순간 한계가 찾아온다. 마치 벽이라도 부딪친 듯 크게 실력은 늘지 않고 제자리를 걷게 되는 것이다.

그렇게 횡보하는 시간을 지나다 보면 다시 폭발적으로 성장하는 그래프가 그려진다.

지금 용호의 상태가 그랬다.

알고리즘은 용호가 가장 취약한 부분이었다.

하지만 포기하지 않고 끊임없이 노력했다. 모르는 것은 제프에게 물어보고, 집으로 돌아가 다시 실제로 구현을 해보며 학습했다.

그러한 노력의 결과였다.

제프의 환상적인 코드가 마치 영약처럼 용호의 머리를 막고 있던 커다란 돌을 부수고 길을 만들어준 것이다.

단순히 버그만 해결하는 것이 아니었다.

제프의 코드가 라인 하나하나 눈에 들어오며 실행시켰을 때 어떤 결과가 나타날 것인지 머릿속에서 시뮬레이션되기 시작했다.

"……."

여전히 용호는 벌린 입을 다물 줄을 몰랐다. 이해를 하면 할수록 더욱 놀랄 수밖에 없었다.

왜 지금까지 제프가 그토록 자신을 무시했는지도 알 것 같았다. 제프에 비하면 자신은 무시당해 마땅했다.

한 권의 좋은 책이 한 명의 삶을 크게 변화시키듯 제프의 코드가 한 명의 프로그래머를 눈 뜨게 만들었다.

담배를 피우고 올라왔는지 제프가 용호의 뒤에서 물었다.

"뭔지 알겠어?"

제프의 까칠한 말투는 여전했다. 지금껏 회사 내에서 제프의 설명을 제대로 이해한 사람은 없었다.

그래서 핵심 부분에 대해서는 거의 혼자 개발하다시피 하고 있었다.

그것이 지금 밤 12시가 다 넘어가는 상황에도 집에 가지 못하고 남아 있는 상황을 만든 것이다.

제프는 용호도 당연히 이해하지 못할 것이라 생각했다.

우연은 여기서 끝이다.

그건 용호를 과외해 주었던 제프가 누구보다도 잘 알고 있었다. 현재 함께 근무하고 있는 프로그래머들보다도 한 단계 아래로 평가하고 있었다.

그런 제프의 생각을 아는지 모르는지 용호가 감탄사를 내뱉으며 말했다.

"정말 대단하네요. 허프만 알고리즘에 예측의 콘셉트가 들어가 있네요. 그런데… 예측하는 확률이 너무 낮은 게 문제였어요."

"…뭐? 다시 말해봐."

"잠시만요. 이것 좀만 더 보고요."

용호는 제프의 질문에도 아랑곳하지 않고 코드에 집중했다.

마치 아름다운 예술 작품을 보고 있는 듯한 표정이었다.

미술관이나 박물관에서 가끔 보게 되는 대가라 불리는 사람들의 작품을 보는 사람들의 표정이었다.

경외와 감탄.

용호에게는 한 가지 더 있었다.

도전.

제프가 겪고 있는 문제를 해결해 이 프로그램을 완성시키겠다는 도전 정신이 용호를 가득 메우고 있었다.

"……"

이제는 제프도 아무 말 하지 않은 채 코딩을 하고 있는 용호를 가만히 지켜보았다. 둘의 대화를 엿듣던 유소현도 어느새 용호의 뒤에 자리 잡았다.

용호의 손이 키보드 위를 스쳐 지나갈 때마다 화면에는 하나씩 새로운 코드들이 자리 잡기 시작했다.

제프가 작성한 코드가 사라지고 그 위에 용호가 작성한 코드들이 모습을 드러내고 있었다.

뒤에서 지켜보고 있던 제프는 도대체 이해할 수가 없었다.

'…말이 안 돼.'

얼마 전 과외를 할 때까지만 해도 이런 실력을 갖추고 있지 못했다.

갑자기 감추고 있던 실력을 드러내기라도 하는 것처럼 용호는 제프가 코드를 통해 하고자 하는 바를 정확하게 꿰뚫고 있었다.

'설마 정말 해결하는 건 아니겠지.'

프로그램이 어떤 개념을 가지고 만들어져 있는지 정도는 알 수 있을 수도 있었다.

그러나 그걸 코드로 구현한다는 것은 또 다른 차원의 문제였다.

수학 공식을 안다고 해서 관련 문제를 바로 풀 수 없는 것과 마찬가지였다.

'흠……'

제프는 여전히 믿고 있지 못하고 있었다.

그러나 이제는 믿어야 했다.

용호는 프로그램이 가지고 있는 핵심을 코드를 통해 파악했다. 다른 사람들처럼 직접 들어서 아는 것이 아니었다.

코드에서 찾아낸 핵심.

그랬기에 핵심을 다시 코드로 구현할 수 있는 것이다.

Vdec compress program building……(10%)

Vdec compress program building……(41%)

Vdec compress program building……(98%)

코딩이 끝나고 프로그램 빌드까지 끝이 났다.

빌드.

프로그램이 컴퓨터에서 실행될 수 있도록 만드는 과정.

빌드가 끝이 나야만 실제 프로그램을 구동시켜 볼 수 있다.

그 과정이 방금 끝이 난 것이다.

"그럼 실행해 보겠습니다."

용호도 긴장이 되는지 약간씩 말이 떨려왔다. 분명 몇 번이고 확인했지만 떨리는 것은 매한가지였다.

"빨리 해봐."

제프도 안달이 나는지 용호를 재촉했다. 그때까지도 의심스러운 마음을 감추지 못했다.

파일 압축.

용호는 테스트를 위해 프로그램이 제공해 주는 간단한 버튼을 클릭했다.

해당 프로그램을 쉽게 테스트할 수 있도록 하나의 버튼만 만들어둔 상태였다.

버튼을 누르면 미리 준비해 둔 10mb, 100mb, 500mb의 용량을 가지고 있는 각각의 파일들이 몇 메가의 용량으로 압축되는지 화면에 나타나도록 만들어두었다.

화면에는 다시 로딩 화면이 나타났다.

Compressing a file……

…표시가 길어질수록 사무실을 채우고 있던 긴장감도 더해졌다. 그리고 채 1분도 되지 않았을 때 압축 결과가 화면에 나타났다.

4mb, 43mb, 212mb.

!!!!!Passing criteria!!!!!

기준 통과.

제프가 자체적으로 마련한 압축률 기준을 통과했다는 말이었다.

fail이 아니라 pass였다.

용량이 클수록 압축률도 높았다.

기준 통과라는 로그가 알려주듯이 결과는 성공적이었다.

제프가 터져 나오려는 환호성을 입술을 힘주어 꽉 다물어 겨우 막아냈다.

오히려 옆에 있던 유소현이 'Passing criteria'라는 단어를 읽더니 뛸 듯이 기뻐했다.

"뭐야, 된 거지? 성공한 거지?"

유소현의 격렬한 반응은 모른 척한 채 그제야 용호가 완전히 고개를 돌려 제프를 똑바로 쳐다보았다.

용호의 눈에서는 이채가 반짝이고 있었다.

"어때요?"

군이 제프의 대답을 듣지 않아도 되었다.

제프는 고개를 몇 번 끄덕이는 것으로 대답을 대신했다. 꽉 물고 있던 입술을 겨우 떼고 나서는 무심한 척 한마디 던졌다.

"같이 일하자. 대우는 네가 원하는 대로 해줄 테니까."

"오늘은 일단 좀 쉬어야겠어요."

벌써 한 시가 다 되어가고 있었다. 갑작스럽게 너무 집중했는지 용호는 피곤이 몰려왔다.

오늘은 이만 자야 할 것 같았다.

마치 꿈을 꾼 듯했다.

불과 수십 분 전에 있었던 일이지만 며칠 전에 있었던 일처럼 아련하게 느껴지기까지 했다.

'뭐였을까.'

누군가가 자신의 몸을 빌어 코딩한 것 같았다. 그러고는 코딩을 하는 순간 머릿속을 막고 있던 바위 하나를 산산 조각내 모래 가루로 만들어 버렸다.

그 뒤로는 그저 손이 이끄는 대로 내버려 두었을 뿐이었다. 정신을 차려 보니 완성되어 있었다.

'꿈은 아니네.'

자려고 누워 잠시 핸드폰을 확인해 보니 그 사이 제프에게 문자가 하나 도착해 있었다.

지금껏 단 한 번도 먼저 연락을 해온 적이 없었다.

오늘의 일이 제프에게 얼마나 충격적인 일이었는지 충분히 알 수 있었다.

[고맙다. 그리고 같이 일하자는 말은 진심이니까 언제든 생각 있으면 알려줘.]

마치 프러포즈 문자 같았다.

아직 프러포즈를 한 적도, 받은 적도 없지만 그것보다도 기분이 좋은 것 같았다.

'기분이 나쁘지는 않군.'

오랜만에 편안하게 잠자리에 들었다.

*　　　　　*　　　　　*

회사에 출근하자마자 용호가 개발자들을 모두 소집했다. 제프의 알고리즘을 이번 프로젝트에 적용하기 위함이었다.

"그럼 간단하게 말씀드리겠습니다. 데이터의 양을 절반으로 줄일 수 있는 방법을 알아냈습니다. 그래서 해당 라이브러리를 클라이언트 쪽에 적용할 수 있도록 약간의 변화가 필요합니다."

"……."

"일주일 내로 라이브러리 형태로 만들어서 배포할 테니까, 해당 사항을 감안해서 개발해 주시기 바랍니다."

"용호! 그게 무슨 말이야? 잘 이해가 안 가는데?"

데이브는 무슨 일이 있나 싶어 회의에 들어온 참이었다. 그건 나대방이나 제임스라고 해서 다르지 않았다.

그들도 하나같이 얼굴 한가득 궁금증을 품고 있었다.

데이터의 양을 절반으로 줄인다?

혁신을 넘어 경악에 가까운 일이었다.

데이터의 시대라 불리고 있었다.

수많은 사람들이 데이터에서 비즈니스의 기회를 찾고, 인간의 행동 패턴을 분석하며 앞으로 나아갈 방향을 잡고 있었다.

그러기 위해서는 무수히 많은 데이터가 필요하다. 그리고 해당 데이터를 저장해야 했다.

절반으로 줄인다.

서버 쪽에만 사용할 수 있는 기술이 아니었다.

정말 사실이라면 전 분야에 걸쳐 적용할 수 있었다.

"제프라는 프로그래머가 있습니다. 그분께 들은 내용입니다. 그걸 저희 프로젝트에 맞게 커스터 마이징을 할 생각입니다. 현재 일반 파일에 적용되는 것을 확인했습니다."

데이브의 말은 무시한 채 용호가 설명을 이어갔다.

회의실은 충격과 경악의 도가니탕으로 변해 버렸다.

회의는 길지 않았다. 채 10분도 되지 않아 완료되었다. 그러나 사람들은 흥분된 표정을 감추지 못했다.

관련 기술에 조금이라도 관심이 있는 사람이라면 지금 용호가 한 말이 얼마나 대단한 것인지 알 것이다.

그중 한 사람은 물론 데이브다.

"정말이야?"

"그래, 정말이야. 어제 제프를 만나서 프로그램이 실행되는 모습을 직접 확인했어."

"…제프? 그 제프 던?"

"네가 생각하는 그 제프 던이 맞아."

"제프, 제프 던……."

데이브는 유난히 제프라는 말에 신경이 쓰이는 듯 한동안 제프라는 말을 계속 중얼거렸다.

"소스를 참고해도 된다는 허락을 받았으니까 한번 적용해 보자. 상당한 성능 향상이 있지 않을까 싶어. DB에도 적용 가능할 거잖아."

"그야 그렇지……."

데이브는 뭔가 씁쓸한 듯 보였다. 그러나 용호는 그런 데이브의 미세한 감정까지 알아챌 정신이 없었다. 소스가 용호의 손에 들려 있는 것이 아니었다.

머릿속에 있는 소스들을 잊기 전에 구현해야 했다.

마치 바둑 기사가 복기를 하듯 어제의 상황을 하나씩 되짚어가며 실제 사용할 수 있는 프로그램으로 만들어내야 하는 것이다.

더 이상 한마디라도 더 하면 희미하게 남아 있는 기억마저 사라져 버릴 것 같았다.

"그럼 머리에 있는 걸 좀 끄집어내야 해서."

용호가 자신의 머리를 손으로 가리키며 말했다. 그러고는 잽싸게 자신의 자리로 돌아가 IDE(Integrated Development Environment : 통합 개발 환경으로 코딩, 디버그, 컴파일 등을 할 수 있는 툴)를 실행시켰다.

다시 코딩의 시간이 시작되었다.

완벽하게 100% 모든 것이 기억나지는 않았다.

제프가 작성한 코드는 한두 줄이 아니었다.

더구나 용호가 코드를 확인했던 시간 역시 그리 길지 않았다. 그나마 다행이라고 할 수 있는 것은 버그 창에 버그와 관련된 부분은 이력으로 남아 있다는 것이다.

지금까지 용호가 수정해 왔던 모든 버그들이 버그 창에 이력으로 존재했다.

그걸 다시 참고하며 어제의 일을 복기했다.

'허프만 알고리즘으로 구조를 만들고… 그 안에 예측의 개념을 넣는다, 였지.'

프로그램의 핵심은 그리 길지도 않은 하나의 문장이었다. 용호는 그 문장에서부터 기억을 더듬어 나갔다.

아직 하루도 채 지나지 않아서인지 희미했지만 대부분의 것들이 기억나고 있었다.

'어떻게 예측하느냐가 중요했어… 거기에 따라 예측 확률도 달라지니까.'

예측을 잘못하면 완전히 틀어져 버린다. 5라는 숫자가 있을 것으로 예측했는데 실제 있는 것이 2라는 숫자라면 완전 다른 파일이 되어버리는 것이다.

'그리고 속도.'

예측을 하는 속도가 느려도 문제다. 파일 압축을 한세월 하고 있다면 누구도 프로그램을 사용하지 않을 것이다.

'똑같이 만들기는 쉽지 않겠어.'

최대한 기억을 되살려 나가며 코딩에 몰두했다. 완벽하게 똑같지는 않을 것이다.

그러나 개발이 완료되면 서버 성능이 좋아질 것이라는 확신이 있었다.

*   *   *

코딩 대결에서 진 이후 루시아에 대한 희롱은 완전히 사라져 있었다.

케네스는 뭔가 아쉬운 듯했지만 마크는 그 어떠한 기색도 보이지 않았다. 오히려 일에 더욱 집중하는 모습을 보이고 있었다.

그런 마크를 케네스가 슬쩍 불러냈다.

"마크, 괜찮아? 원래 네가 갔어야 할 위치잖아."

"그야 뭐, 실력이 없으면 할 수 없는 거지."

"네가 실력이 없다고 누가 그래!"

"너도 그날 봤잖아."

마크는 완전히 인정하는 분위기였다. 간발의 차이로 아쉽게 지기는 했지만 패배는 패배였다.

정정당당한 승부였기에 이견이 낄 자리도 없었다.

더구나 방금 전의 회의까지 참석하고 온 마크는 더욱 용호에 비해 자신의 실력이 떨어진다는 생각을 하고 있었다.

"방금 전 용호가 와서 뭐라고 했는지 알아?"

"……."

"현재 파일 압축 프로그램들의 성능보다 절반 이상의 효율을 내는 걸 개발했다는데? 그걸 우리 서버에 적용할 생각인가 봐."

"압축?"

"정말 대단하지… 그렇지 않아도 데이터의 양이 폭증하면서 스토리지 사용에 비용이 많이 들고 있었는데, 그걸 소프트웨어로 해결하다니… 이제는 자그맣게 남아 있던 미련도 없어."

마크가 멍하니 하늘에 떠 있는 구름을 보며 말했다. 패배는 인정했지만 다시 대결하면 이길 수 있을 것도 같았다. 한 번만 더 하면 이길 수 있을 것이라는 약간의 미련이 남아 있었던 것이다.

그러나 이제 그런 미련마저 사라져 버렸다.

조용히 있는 케네스에게 마크가 말을 이었다.

"너도 루시아 그만 괴롭히고 정정당당하게 말해봐. 안 되면 별수 없지 뭐. 세상에 여자가 그 친구 하나도 아니고."

"……"

"나는 먼저 일어나 본다. 용호가 클라이언트에도 적용할 수 있도록 준비를 좀 해놓으라고 해서 코드를 한번 살펴봐야 될 것 같다."

마크가 자리에서 일어나 사라질 때까지 케네스는 그 자리에서 움직이지 않았다. 마크가 완전히 시야에서 사라질 수 있을 때쯤이 되자 케네스 나지막이 읊조렸다.

"만약에 안 되면……"

그러고는 이내 자리에서 일어났다. 그러나 그러지 말았어야 했다.

케네스는 지금까지 한 자신의 모든 행동을 단 하나의 이유로 정당화시키려 했다.

좋아하는 마음에 그랬다.

그러나 이미 너무 늦었다. 처음부터 시작이 꼬여 있지 않았어도 쉽지 않았을 것이다.

"죄송합니다."

"……."

루시아가 고개를 숙이며 말했다. 케네스는 대수롭지 않은 척하고 있었지만 붉어지는 얼굴까지 감추지는 못했다.

"따로 좋아하는 사람이 있어서요."

루시아는 케네스가 굳이 물어보지 않은 말까지 하며 거절했다. 일종의 명분 쌓기라 생각할 법도 하건만 케네스는 그렇게 생각하지 않는 모양이었다.

"내가 생각하는 그 사람인가?"

"……."

이번에는 루시아가 조용히 있었다. 굳이 그런 사적인 부분까지 말할 필요는 없다고 여겨졌다.

완벽한 타인.

직장 내 동료 그 이상도 이하도 아니었다.

"…어쨌든 무슨 말인지 잘 알았어."

사무실로 들어가던 케네스는 슬쩍 용호가 앉아 있는 자리 쪽을 바라보았다.

정신없이 모니터를 보며 뭔가를 하고 있었다. 아마 마크가 이야기했던 내용을 개발하는 모양이었다.

'미국에 널 위한 자리는 없어. 여기서 얻은 모든 것은 결코 네 것이 아냐.'

언제부턴가 수많은 외국인들이 실리콘밸리로 들어와 있었다. 인도, 중국, 한국 등등에서 H1B 취업 비자를 받은 사람들이 물밀 듯이 쏟아져 들어왔다.

그리고 미국인들의 일자리를 빼앗아 갔다.

'H1B가 없어도 실리콘밸리는 사라지지 않아.'

누군가 미국 뉴스에 나와 말했다.

H1B가 없다면 실리콘밸리는 없을 것이다. 그러나 케네스의 생각은 달랐다.

세계 최강대국의 힘은 결코 이민자들에게서 나오는 것이 아니다.

케네스가 읊조린 이야기는 너무 작았기에 주변의 누구도 듣지 못했다.

용호 역시 듣지 못했다.

시간과 공간의 방에 갇혀 있는 듯한 모습이었다. 남다른 머리를 가지고 있지 못했기 때문에 집중하기 위해 노력했다.

그 누구보다 노력했고, 노력만큼 몰입에 대한 능력은 커져갔다.

지금도 주변의 어떤 이야기도 들리지 않을 만큼 집중하고 있었다.

'뭔가 하나가 빠져 있어.'

어느 정도는 비슷하게는 구현한 것 같았다. 그런데 부족한 점이 있었다. 2% 정도 부족했다.

'기억이 안 난단 말이야……'

소스가 완벽하게 기억이 나질 않았다. 처음부터 끝까지 모두 기억해 똑같이 구현한다면 그것이 천재였다.

아쉽게도 용호는 천재의 범주에 드는 사람이 아니었다.

'흠……'

프로토 타입을 만들고 보니 성능도 효율도 떨어졌다. 파일 압축률도 50%를 넘어서지 못했고, 속도 면에서도 체감으로 느껴지는 속도만 배는 넘게 걸리는 듯했다.

'다시 한 번 만나서 물어봐야겠어.'

이럴 때는 제프를 만나볼 필요가 있었다. 분명 참고해도 된다고 언급을 했었다. 자신에게 빚이 있으니 친절하게 알려줄 것이다.

그리고 제안한 이직.

어떤 요구 조건도 들어주겠다는 백지 수표를 주겠다고 말했다. 이 회사의 생활에서도 일 년이 다 되어가고 있었다. 회사의 시스템이나 회사에서 하는 일이 어떤 것인지 완벽하게 알지는 못해도 감이 잡혔다.

이 회사에서 배울 수 있는 것보다 제프와 함께 있으면 배울 것이 더 많을 것 같았다.

'한번 만나기는 해야겠지.'

오늘도 일하다 보니 하늘에 떠 있는 달이 보였다. 이만 집에 가야 할 시간이었다.

```
$ git add *
```

지금까지 작성한 소스를 추가하고.

```
$ git commit —m "압축 관련 라이브러리 추가"
```

소스에 대한 설명을 추가했다.

```
$ git push origin master
```

그리고 원격지에 있는 서버에 지금까지 작성한 소스 코드를 저장했다.

master.

그 누구도 아닌 용호가 프로젝트의 주인이었다.

Chapter 6
블랙 프라이데이

모두의 시선이 한 사람에게 향해 있었다. 귀 밑에 하얀 머리가 조금씩 보이는 것이 최소한 40대는 넘어 보였다.

　"해당 기술로는 블랙 프라이데이 대비가 안 될 것 같은데……."

　남자는 화면에 띄워져 있는 시스템 구성도를 보며 연신 고개를 갸웃거리고 있었다.

　블랙 프라이데이.

　미국 최대의 쇼핑 할인 행사를 대비해 회사 내에서도 만반의 준비를 하고 있었다.

　혹시라도 5년 전에 있었던 사이트 마비 사태로 발생한 대규모 환불을 다시는 겪고 싶지 않았다.

"스케일 업을 하는데 걸리는 시간보다 스케일 아웃을 하는데 걸리는 시간이 더 적지 않겠나?"

스케일 업은 하드웨어 사양을 올리는 것이다. 그리고 스케일 아웃은 하드웨어의 대수를 늘리는 것이다.

고사양의 하드웨어 장비로 바꾸는 것이 스케일 업, 저사양의 하드웨어를 여러 개로 늘리는 것이 스케일 아웃이었다.

그리고 스케일 아웃이 남자가 제시하는 방안이었다.

"이런 식으로 할 거면 회사를 나가는 게 어떻겠나?"

"……."

스티브의 말에 남자는 조용히 있었다. 검은 머리를 하고 있는 걸로 봐서는 동양인 같았다.

중국인지 일본인지 한국인지 외양만으로 판단하기는 힘들었지만 분명 동양인이었다.

남자가 조용히 있자 스티브는 더욱 화가 난 것 같았다. 그러고는 인종 차별적인 발언도 서슴지 않았다.

gook! Go back to your Country.

미군들이 동남아시아, 동아시아인들을 지칭하는 속어였다. 워낙 오래된 단어라 알아듣는 사람은 별로 없어 보였다.

퇴사하라는 말에도, 당신네 나라로 돌아가라는 말에도, 회의실의 누구도 이견을 달지 못했다. 누가 뭐래도 남자는 회사에서 가장 기술적인 능력이 뛰어난 사람 중 하나였다.

스티브 뱅크스.

회사의 Chief Software Architect였다.

회의를 마치고 나오는 스티브를 누군가 기다리고 있었다.

케네스, 그였다.

"여어, 오랜만이네."

"네."

"그래 웬일이야? 요즘 한창 바쁘지 않나?"

"블랙 프라이데이 준비로 바쁘시다고 들었습니다."

"그것 때문에 아주 미치겠어. 외줄 타기를 하는 기분이라니까."

"얼마 전에 데이브 추천으로 입사한 친구 있지 않습니까."

"아, 알지, 알아."

스티브가 생각났다는 듯 엄지와 검지를 튕겼다.

"그 친구가 서버 성능을 획기적으로 높일 수 있는 방법을 만들었다고 해서요. 혹시 도움이 될까 해서 말씀드리려고 왔습니다."

"그래? 동양인이라 하지 않았어?"

스티브의 굳어져 있던 얼굴은 풀릴 줄을 몰랐다. 그렇지 않아도 블랙 프라이데이 준비로 골머리를 앓고 있던 참이었다.

"동양인이긴 한데, 그 친구 말로는 기존 성능에서 5배까지 올릴 수 있다고 하더라고요. 말만 앞세우는 건지 우려스럽기는 하지만……"

스티브는 더 들어볼 것도 없다는 듯 발걸음을 옮겼다.

기술이라면 누구보다 자신 있는 분야였다.

바로 확인해 보면 될 일이었다.

스티브의 발걸음이 용호가 있는 사무실로 향했다.

                    *   *   *

용호가 제프를 만나고 와 회의실에서 언급했던 말은 회사 내에서도 수많은 개발자들을 흥분시켰다. 그리고 그들 사이에서도 갑론을박을 하게 만들었다.

맞다.

아니다.

그럴 리가 없다.

충분히 가능하다.

소문은 꼬리에 꼬리를 물고 퍼져 나갔다. 과장, 축소, 확대, 포장 등등으로 변질된 유언비어들이 난무했다.

"그건 현실적으로 말이 안 돼."

"내가 듣기로는 제프 던이 개발했다고 하던데?"

남자는 제프 던이라는 말에 잠시 흠칫했다. 제프 던이 가진 명성은 논란을 종식시키기에 충분했다.

그러나 이번에는 정말 그가 개발한 것인지에 대한 논란이 벌어졌다.

여러모로 소문이 끝날 기미가 보이지가 않았다.

git(Global Information Tracker)은 일종의 저장소다. 버전 관리가 되는 저장소로 프로그램 소스를 저장할 때 많이 쓰이고 있었다.

용호도 자신이 작성한 소스를 git이라는 곳에 올려 두었다.

http://git.jungle.com/application/yongho−compress.git

용호가 올린 소스의 저장 주소.

실체가 나타난 것이다.

용호가 새롭게 만든 프로젝트 하나가 생성되었다. 회사 내 수많은 개발자들이 해당 소스에 접근하고자 했지만 접근 권한이 없었다.

애초에 외부에서는 회사 내 소스 저장소에 접근이 되지 않았고 2차적으로 해당 소스에 대한 접근을 프로젝트를 개설한 사람이 설정할 수 있었다.

용호는 그 누구에게도 권한을 주지 않았다.

"정말 나한테도 안 줄 거야?"

데이브가 섭섭해하며 말했다. 두 눈에서는 흡사 눈물이 떨어질 것 같았다. 그러나 용호는 속지 않았다.

"연기해도 소용없어."

"쳇……"

"아직 완성되지 않은 테스트 소스라 그래. 좀 더 완성도가 올라가면 보여줄게."

"지금 보여주고 같이 완성해 나가도 되잖아."

호기심이 왕성해 보였다. 어쩌면 데이브의 말대로 함께 머리를 맞대면 더 좋은 결과가 생길지도 몰랐다.

그러나 용호에게는 데이브 말고도 방법이 있었다.

버그 창.

그리고 버그 창의 안내를 받기 위해서는 설계 문서가 필요했다.

제프가 작성한 프로그램과 용호가 만든 것은 비슷하지만 달랐다. 제프의 프로그램용이 아닌 자신이 만든 프로그램에 대한 설계 문서가 필요했다.

제프에게 부탁하면 얻을 수 있을 것도 같았다. 그러나 쉽사리 줄 것 같지 않은 것이 문제였다.

"그렇기야 하지……."

데이브의 제안은 충분히 용호의 구미를 당기게 만들었다.

마음 한편으로는 버그 창을 쓰지 않고 해결하고 싶었다.

버그 창을 볼 때마다 과거가 떠올랐다.

문제를 풀 때마다 막히면 바로 정답지를 보았던 자신의 학창 시절이 떠오르는 것이다.

그래서 간 곳이 서울 시내 삼류 대학교인 선민대학교였다. 그러한 이유로 되도록이면 버그 창을 보지 않기 위해 노력하고 있었다.

마음속에서 갈등이 휘몰아치고 있었다.

나대방도 이야기를 들었는지 용호의 자리로 찾아왔다.

"형님!"

"어, 어 왜?"

"어찌 이럴 수가 있습니까."

"뭐, 뭘?"

"계속 모른 척하실 겁니까?"

프로그래밍에 대한 열정이나 지적 호기심은 나대방 역시 데이브 못지않았다.

더 나은 실력과 새로운 기술에 대한 궁금증을 해결하기 위해 부서를 바꾸고 이제는 미국까지 용호를 쫓아왔다.

어찌 보면 나대방은 이러한 모든 일을 예견했기 때문이라 할 수 있었다.

일을 만들 사람.

뭔가 커다란 일을 낼 사람이라 생각했기에 용호를 쫓아 이곳까지 왔다.

그러한 나대방은 항상 용호에게는 마음의 짐이었다. 그냥 모른 척할 수 없었고 자신의 능력이 닿는 한 책임져야 할 대상처럼 느껴졌다.

"휴우, 알았다. 알았어."

"회의실에 사람들 다 모을까요?"

나대방의 말에 용호의 주변에서 일을 하던 모든 사람들의 귀가 쫑긋하고 세워졌다. 하나같이 용호의 말에 귀를 기울이고 있는 모습이었다.

버그 창이 사라져도 지금의 자리에 서 있을 수 있을까?
용호는 매일 밤 자기 전 스스로에게 물어보았다.
그러나 아직까지 대답은.
NO.
과거 미래정보통신을 다녔을 때나, 신세기에 출근했던 시절의 위치쯤은 충분히 넘어설 수 있을 것이다.
그러나 바로 지금 이 자리에 있을 수는 없다.
버그 창은 용호에게 양날의 검과도 같았다.
잘 사용하면 분명 큰 도움이 되겠지만 자칫 잘못 사용했다가는 양팔을 자르는 검이 될 수 있었다.
그러한 불안에서 해방되기 위해서라도 이번 문제는 버그 창을 보지 않고 해결하고 싶었다.

회의실로 들어가던 용호의 발걸음이 순간 멈칫했다. 회의실에 생각보다 많은 사람들이 자리를 잡고 앉아 있어서이기도 하지만, 이름만 알고 있던 사람이 와 있었기 때문이다.
'스티브 뱅크스?'
회사에 몇십 명밖에 존재하지 않는다는 Chief Software Architect였다.
Chief Software Architect는 기술자가 올라갈 수 있는 최고

의 위치였다. 그만큼 막강한 권한을 가지고 있었다.

어떤 프로젝트나 기술 개발도 그들이 아니라고 한마디만 한다면 즉시 중단된다.

회사는 그들의 말을 그만큼 신뢰했고 의견을 존중한다.

막강한 권한을 가진 만큼 그들의 숫자는 적었고 20개의 자리로 정해져 있었다.

한 사람이 올라가면 한 사람은 내려와야 하는 구조.

치열한 미국 사회의 한 단면을 엿볼 수 있는 구조였다.

스티브 뱅크스는 그러한 자리에 있는 몇 안 되는 사람 중 한 명이었다.

"안녕하세요."

용호가 가볍게 인사했지만 스티브의 관심은 인사가 아닌듯했다.

"제가 시간이 없어서 그러니 설명부터 들어볼 수 있을까요?"

스티브는 용호의 인사를 받는 둥 마는 둥 한 채 간략하게 용건을 이야기했다.

'아직 완성이 안 됐는데……'

용호는 불안함이 스멀스멀 피어올랐지만 이내 고개를 저으며 머릿속에서 지워 버렸다.

어차피 이번 회의의 목적은 현재 부족한 부분에 대한 각자의 의견을 수렴하겠다는 것이다.

스티브 뱅크스 같은 인물이 봐준다면 또 다른 관점에서 소스를 볼 수도 있을 것이다.

'제프 정도의 실력자라고 하니 도움이 될지도 모르지.'

최고의 실력자들을 만난다는 건 언제나 즐거운 일이었다. 그런 사람들과의 만남을 통해 자신이 발전할 수 있는 기회가 될 수 있었다.

스티브의 출현에 수군대던 분위기가 잠잠해지자 용호가 발표를 시작했다.

"기본 골격은 허프만 알고리즘에 예측의 개념을 넣은 것입니다."

그렇게 시작한 용호의 설명이 20분가량 이어졌다. 설명을 마친 용호는 바로 지금까지 작성한 프로그램을 실행시켜 보여주었다.

"보시는 바와 같이 아직 완벽하게 구현된 상태가 아니라서 효율이 좋지는 않습니다."

용호가 구성한 테스트 환경은 제프가 구성한 것과 동일한 형태였다. 하지만 제프가 실행시켜 나온 결과에 비하면 아직 부족했다.

!!!!!Pass fail!!!!!

당연히 기준선도 통과하지 못했고 결과는 실패로 나왔다. 용호는 제프가 잡은 기준과 동일한 50%의 효율을 기준으로 잡

왔다.

현재 용호가 만든 프로그램을 통해 나온 효율은 35%.

아직 50%의 압축률을 발휘하기에는 부족했다.

"하지만 곧 개선될 것으로 생각됩니다."

10mb의 파일이 7.6mb 정도로 변해 있었다. 회의실에 모인 사람들은 그 정도의 결과만으로도 놀라운지 어서 소스를 보고 싶다며 재촉하고 있었다.

"언제까지 완성이 되겠나?"

스티브의 말에 결과를 보며 웅성거리던 회의실의 분위기가 순식간에 잦아들었다.

이미 회사 내에서 유명한 사람이었다. 용호도 데이브에게 익히 들어 알고 있었다.

"앞으로 한 달 정도면 될 것 같습니다."

"이 주 안으로는 어렵겠나?"

"그렇게 정확하게 말씀드리기가 어려울 것 같습니다."

머리가 트였다고는 하지만 지금 막 개화했을 뿐이다. 한 달도 제프가 도와줬을 경우를 가정하고 한 말이었다.

"알았네."

그러고는 자리에서 일어나 회의실을 빠져나갔다.

소란스러운 회의실을 빠져나온 케네스가 스티브와 대화를 나누고 있었다.

"능력이 있어. 키워볼 만하겠어."

"네?"

"그런데 자네 말과는 다른 것 같은데? 말만 앞세우는 것도 아니고, 보여주는 소스를 보니 결과물도 확실한 것 같은데 말이야."

"그, 그렇습니까?"

"그래, 소스도 아주 깔끔하게 작성되어 있었어."

스티브는 상당히 만족스러운 눈치였다. 색다른 보석을 발견한 듯 기대감에 부풀어 있었다.

한편 케네스는 뭔가 상당히 불만스러워 보였다. 스티브를 끌어들여 용호를 망신 주려던 계획이 시작부터 틀어져 버렸다.

"뭐, 그렇게 보셨다면……."

여기서 더 이상 용호의 험담을 했다가는 자신의 입지만 줄어들 것이라 여겨졌는지 케네스는 입을 다물었다.

'이대로는 안 되겠어.'

스티브가 보기에도 실력이 있다면 마크를 이긴 실력이 절대 거짓이 아니라는 말이었다.

망신을 줘서 회사를 쫓아내려던 계획은 실패했다. 그러나 기획자에게는 언제나 플랜 B가 존재했다.

*   *   *

스티브는 회사 내 최고 실력자들 중 한 명이었다.

데이브의 직함이 시니어.

스티브의 직함이 치프.

데이브보다 높은 직함을 가진 사람이었다. 그런 스티브가 용호의 이야기를 듣고 난 다음 날부터 회사 내에서 한 가지 이상한 소문이 고개를 들기 시작했다.

"용호가 그랬다며? 자기가 맘만 먹으면 스티브보다 잘할 수 있다고."

"내가 듣기로는 이미 스티브보다 실력이 뛰어나다고 그러던데."

"하긴 이번에 용호가 개발한 걸 보면 그럴지도 몰라."

대부분의 소문이 용호와 스티브를 비교하는 소문이었다. 입사 1년이 되어가는 용호와 이미 회사에서 기술의 정점에 올라와 있는 사람에 대한 비교.

말이 되지 않는 비교였지만 작고 또렷하게 그 목소리가 형체를 만들어 나가기 시작했다.

*　　　　　*　　　　　*

용호는 곤혹스러운 듯 제프 앞에서 아무 말도 하지 못했다. 문제를 해결했다는 흥분에 상황 설명을 제대로 하지 않았고 그것이 둘 사이에 오해를 만든 것이다.

"내가 말한 건 네가 그저 공부하거나 혼자 테스트할 때 참고해 보라는 것이지 상업적으로 너희 회사에서 쓰라는 말이 아니었는데."

"저, 저는 회사에서 진행하는 프로젝트에 참고해도 된다는 말인 줄 알고……."

"…내가 지금 만들고 있는 게 오픈 소스라 생각하는 건 아니겠지?"

제프의 말투는 여전히 까칠했지만 용호를 대하는 눈빛은 한층 부드러워져 있었다.

용호가 문제를 해결해 주고 난 이후 Vdec에서 진행하고 있는 프로그램은 개발에 박차를 가하고 있었다.

기약이 없던 상용화 시기가 점점 구체화되고 일정이 잡히면서 사무실 전체적으로도 활기를 띠고 있었다.

"……"

"너도 프로그래머라면 소스도 저작권이 있다는 사실, 누구보다 잘 알 거 아냐?"

계속되는 제프의 말에 용호는 한마디 변명도 하지 못했다.

명백한 자신의 실수였다.

GNU, GPA, MIT 등등과 같은 오픈 소스 라이센스도 상업적으로 이용할 수 있는 것과 없는 것들로 구분되었다.

더구나 제프가 개발하고 있는 것은 상업적인 프로그램이었다. 용호는 졸지에 남의 소스를 보고 베낀 파렴치한이 되어버린 것이다.

"이미 회사 내에 올렸다니 돌이킬 수 없을 테고, 어떻게 할 거지?"

"네?"

"내가 보여준 거니 법적인 책임까지 묻기는 힘들겠지만 도의적인 가책은 느끼고 있을 거 아냐. 어떻게 할 거냐고."

제프는 용호를 압박해 들어갔다. 제프의 말마따나 법적인 책임을 묻기는 힘들었다. 용호가 소스를 해킹한 것도, 몰래 회사에 침입하여 본 것도 아니었다.

제프 스스로가 소스를 보여주었고 용호는 그걸 최대한 기억하여 쓴 것뿐이었다.

단, 지금까지 맺은 관계에서 오는 양심의 가책 정도가 있을 뿐이었다.

"…어떻게 해드리면 될지."

미안함에 어떻게 하면 될지 감이 잘 오지 않았다. 막힌 부분에 대해 물어보기 위해 찾아왔다가 졸지에 도둑놈이 되어버렸다.

명백한 자신의 실수였기에 변명의 여지도 없었다.

"우리 회사로 와라."

"……."

"그러면 다 해결된다."

"……."

혹 떼러 갔다가 부담이라는 혹을 붙이고 온 용호였다.

그리 멀지 않은 거리였기에 점심시간을 이용해 제프의 회사에 다녀왔다.

고민거리를 달고 와서인지 용호의 표정이 좋아 보이지만은 않았다. 근심 어린 표정으로 사무실로 들어서는 용호의 옆에 따라붙은 건 데이브였다.

언제나 유쾌해 보였다.

"용호! 어때, 문제는 잘 해결되고 있어? 표정을 보아하니 여전히 그 상태인가 보지?"

"아, 뭐 그렇지."

"그래서 내가 준비했지! 이거 한번 봐봐."

데이브가 등 뒤에 감추고 있던 노트북을 앞으로 내밀었다. 그 안에는 익숙한 코드가 한가득 작성되어 있었다.

"뭐, 뭐야?"

"나도 소스를 보고 고민을 좀 해봤지. 과연 어떻게 해야 성능 향상을 시킬 수 있을까. 몇 가지 방법을 찾아봤는데 말이야."

"아, 응."

열성적으로 다가서는 데이브를 외면할 수 없었다. 그렇게 데이브가 작성해 온 코드를 보고 있는 사이 한두 사람씩 사람들이 모여들고 있었다.

"너희들은 또 왜?"

제시, 제임스, 나대방만 있는 것이 아니었다. 마크, 루시아를 비롯한 회사 내 개발자들인 인산인해를 이루고 있었다.

"나도 이야기할 게 좀 있어서."

"그래도 그렇지, 이건 좀……."

용호가 당황할 만도 했다.

그들 스스로 차례를 지킨다고 서 있는 것이 이미 일렬종대로 늘어져 있었다.

사무실을 지나다니는 사람들에게서 불편함을 초래하고 있었다.

그리고 그런 불편이 오히려 더 많은 사람들을 모으고 있었다. 결국 프로젝트 매니저인 브래드가 오고 나서야 사람들이 각자의 자리로 돌아갔다.

워렌 버핏이라는 사람과 점심 식사를 하는 데 드는 비용이 일억 가까이 된다는 뉴스가 있다.

제프 던은 프로그래머들 사이의 워렌 버핏.

용호는 그 사람의 진전을 이은 제자처럼 사람들 사이에 회자되고 있었다.

그러한 소문이 회사 내에서 용호의 이름을 더욱 부각시켰다.

데이브는 하루 종일 용호의 근처를 떠나가질 않았다. 그건 집으로 돌아와서도 마찬가지였다.

가장 좋아하는 것이 프로그래밍 그다음이 피규어였다.

지적 호기심을 채울 수 있는 기회를 놓치지 않았다.

"파일 구성하고 있는 각 바이트의 옆에 어떤 데이터가 올지 예측하는 부분에서 성능이 떨어지고 있어."

"그거야 나도 알지."

"효율도 떨어지고."

"확률, 확률이라……."

용호도 모든 것을 잊고 일단 일에만 몰두하기로 했다. 제프의 제안은 당장 수락하고 말고의 문제가 아니었다.

일단 지금 회사 내에서 맡고 있는 일들을 모두 마무리하는 것이 중요했다.

"자, 그럼 처음부터 다시 짚어나가 보자."

데이브가 다시 소스의 처음 부분으로 커서를 옮기고 되짚어 나갔다.

원리는 간단했다.

xxxaaaaabbccddddd라는 데이터가 있다고 가정해 보자.

이는 x3a5b2c2d4이라고 표현할 수 있다. 15개의 데이터가 10개로 줄어들었다.

이를 다시 xabcd라고 표현해 보자.

5개로 줄어든다. 예측과 확률을 통해서 컴퓨터 내부적으로는 x가 3개라는 것을 알고 있다. a가 5개라는 것도 b가 2개라는 것도 모두 알고 있다.

이렇게 파일의 용량은 줄어들게 되는 것이다.

문제는 x가 3개라는 것을 정확하게 유추할 수 있는 방법이었다.

'내가 뭔가를 잊고 있는 것 같단 말이야……'

"용호, 그런데… 주변 데이터를 찾아내기 위해서는 뭔가 근거가 되는 자료가 필요할 것 같은데."

"으, 응?"

"아니, 그렇잖아. 내가 용 다음에 호를 쓸지 말지 예측하기 위해서는 근거 데이터가 존재해야 하는 거 아냐? 그걸 찾기 위해서 서버에 한번 갔다 와야 할 것 같은데."

데이브의 중얼거림에 용호는 머릿속에 번개가 치는 것 같았다.

'그리고 보니 쿠글 뭐라고 쓰여 있던 게 있는 것 같았는데…….'

뭔가 한 줄이 있었던 것 같았다.

그리고 그 소스 한 줄이 현재 용호가 겪고 있는 문제의 키가 될 것 같은 예감이 들었다.

                    *   *   *

Vdec.

조너선의 표정에는 염려가 가득했다.

"제프, 괜찮아? 소스를 그렇게 다 보여줘도?"

"당연히 괜찮지."

조너선과는 달리 제프는 크게 걱정하는 눈치가 아니었다. 전혀 문제될 것이 없다는 듯 개의치 않았다.

"그래도 쿠글에서 지원을 받고 있는 프로젝트인데 이걸 이렇게 막 보여줘도 될까……."

"어차피 쿠글 없이는 아무런 소용이 없어."

"그, 그래?"

조너선은 걱정스러웠지만 제프의 말을 믿지 않을 도리도 없었다. 쿠글에서조차 제프의 기술력을 인정하고 과감한 투자를 진행해 주었다.

이미 과거의 경력들이 그가 하는 말에 무게감을 더하고 있었다.

"지금 Vdec에서 하고 있는 프로젝트는 어차피 쿠글의 데이터에 기반을 두고 있어. 핵심 알고리즘이 있다고는 하지만 압축 알고리즘에서도 정확도를 높이기 위해서는 쿠글의 서버를 참조하고 있는 구조라, 소스를 봐도 쿠글에서 제공해 주는 라이브러리를 통해 서버에 접속하지 않으면 무용지물이야."

제프가 소스를 검토하며 말했다.

압축 시 확률을 높이기 위한 기반 데이터를 쿠글에서 제공해 주고 있었다.

세계 최고, 최대의 검색 사이트 쿠글에 하루에 쌓이는 데이터만 해도 수억 건이 넘어갔다.

그러한 데이터들이 몇 년간 쌓여 있는 것이다. 무수한 데이터들의 패턴이 저장되어 있었다.

아마 빗나가는 형태는 거의 없을 것이다.

그것이 제프가 만든 압축 알고리즘의 성능을 높여 주고 있었다.

"네 말이 맞겠지만……."

조녀선에게도 어려운 말인지 더 이상 제프에게 물어보지 않았다.

'용호가 회사에 적용한다고 해도, 10%? 좋아봐야 20%나 압축할 수 있을까.'

소스를 검토하던 제프가 쿠글과의 연동을 끊고 프로그램을 구동했다.

!!!!!Pass fail!!!!!
Compressibility : 25.2%

쿠글과의 연동을 끊은 프로그램의 한계였다. 이러한 한계가
있기에 용호가 자신을 찾아와 상용서비스에 적용시킨다는 말
을 대수롭지 않게 여길 수 있었다.

잘해봐야 20%, 그 이상은 힘들 것이다.

오히려 그걸 빌미로 삼아 Vdec으로 용호를 이직시킬 수 있
다면 가장 좋은 상황이 연출되는 것이다.

'아직 머릿속에서 구현되지 않은 것들이 많으니까. 용호와 같
이한다면……'

제프는 여기서 멈출 생각이 없었다.

Vdec은 시작점에 불과했다.

*　　　　*　　　　*

용호는 여전히 버그 창은 보지 않은 채 소스를 수정하고 있
었다. 수정하면 할수록 뭔가 빠진 것 같은 생각에 제대로 집중
이 되질 않았다.

"데이브의 말이 맞는 거 같긴 한데……"

예측을 위한 서버가 필요했다.

예측한 결과가 맞는지에 대한 판단 근거가 될 데이터가 필요했다. 제프에게 물어보지 못했지만 아마 지금의 생각 그대로일 것이라는 강한 확신이 있었다.

"그렇다는 말은, 이 라이브러리에 분명한 한계가 존재한다는 건가."

용호가 다시금 프로그램을 돌려보았다.

!!!!!Pass fail!!!!!
Compressibility : 36.5%

36.5%에서 더 이상 성능 향상을 보이고 있지 않았다.

"50%는 안 되는 건가……."

버그 창을 보지 않고 할 수 있는 한계라 여겨졌다. 시간은 하루하루 지나가고 있었다.

스티브에게는 한 달이라고 말했지만 그가 제안했던 이 주 안에 완성하여 '짠' 하고 보여주고 싶은 마음이 없다고 하면 거짓일 것이다.

Chief Software Architect.

회사 내에 허용된 단 20개의 자리에 앉아 있는 그에게 인정받을 수 있었다.

"데이브의 말로는 동양인을 무시한다고 했었지."

더구나 데이브의 말을 빌리자면 그는 능력 있는 사람은 인정하지만 그렇지 않다면 인간 취급을 하지 않았다.

능력 지상주의.

자신의 기술에 대한 자부심이 강했고, 그만큼 겸손하지 못했다. 자신보다 능력이 없다고 여겨지면 무시하기를 서슴지 않았다.

회사 내에 평판이 그리 좋지는 않았지만 능력만큼은 그 누구도 이견을 달지 않을 만큼 인정하는 사람이었다.

매월 그에게 무시를 당해 회사를 떠나가는 사람도 흔치 않게 볼 수 있었다.

그중에는 한국인도 종종 포함되어 있다고 들었다.

아직 부서가 달랐기에 용호가 직접 그 광경을 목격한 적은 없었다.

"우선 여기까지가 지금의 내 능력이다. 이 다음부터는……."

압축 프로그램을 실행시킬 때마다 뭔가 안내가 떠오르는 것 같기도 했다.

그러나 의식적으로 시선을 피하고 있는 중이었다. 이미 프로그램의 설계도 끝마쳐 놓았다.

목표는 50%.

버그 창으로도 안 된다면 제프의 회사에 입사해 알아보는 수밖에는 방법이 없었다.

$ ./run_compress_prgm.sh

용호는 프로그램을 돌리고는 이내 새로운 안내가 떠오른 버그 창으로 시선을 돌렸다.

*   *   *

차별과 비교.

그리고 비난과 힐책은 스티브에게 일종의 카타르시스를 주었다. 그렇다고 아무에게나 그러지 않았다. 그랬다면 이미 회사에서 퇴출되었을 수도 있다.

스티브에겐 분명한 기준이 있었다.

능력.

자신이 생각하는 기준에 못 미치면 일단 논리로 깨부쉈다.

"스케일 아웃을 하는 방향으로 구상해 오라니까, 해왔다는 게 데브옵스 관점에서 접근하겠다?"

데브옵스.

개발과 운영을 하나의 뷰에서 보겠다는 일종의 방법론이었다. 그 안에서 사용되는 다양한 실전 방법들도 분명 존재했다. 데브옵스 안에서 사용할 수 있는 기술들이 Docker나 클라우드 같은 것들이었다.

"도커를 적용해서 빠르게 스케일 아웃이 가능하도록 준비 중입니다……."

"그래서 테스트 스크립트는? 스케일 아웃 해본 테스트 결과는?"

"테스트 스크립트는 준비해 왔는데 스케일 아웃에 대한 결과까지는……."

"스케일 아웃을 하다가 당일 속도가 나지 않으면 어쩔 겁니까?"

"상용과 동일 환경을 구축하기에는 장비도 부족하고……."

"클라우드에 시스템 구축해서 최대한 비슷한 사양의 장비를 만들고 테스트해 보면 되잖아요!"

스티브의 목소리가 올라갔다. 실리콘밸리는 다양한 인종으로 구성되어 있다.

그만큼 열린 문화가 자리 잡고 있다.

그러나 개방적인 문화가 있다는 것이지, 모든 사람이 그러한 사고방식을 가진 것은 아니었다.

스티브의 반응은 백인이 아닌 동양인 기술자가 말할 때 더욱 격렬했다.

"옐로 몽키들이란……."

마지막은 항상 이런 식이었다.

악의와 인신공격으로 마무리되었다.

능력 있는 사람은 우대하여 자신의 사람으로 만들고, 능력이 없는 사람은 논리와 무시로 회사를 나가게 만들었다.

굳이 회사에서 해고를 할 필요도 없었다.

신기하게도 회사에서 해고를 하려는 사람들은 이미 퇴사하고 없었다.

모두 스티브 덕분이었다.

각종 막말에도 중책을 맡기면서까지 회사에서 그를 중시 여기는 또 하나의 이유였다.

스티브와 회의에 참가했던 사람 중 한 사람이 박스를 들고
서 있었다. 사무실에서 사용하던 각종 집기류들이 박스 안에
차곡차곡 들어 있었다.

"이대로 나가면 어떡해."

"더 이상은 못 참겠다."

"그래도 곧 블랙 프라이데이인데, 자네가 없으면……"

"능력 있는 사람 찾아다가 알아서 하겠지. 퉤!"

남자는 두 번 다시 꼴 보기도 싫다는 듯 바닥에 침 뱉는 시
늉을 하며 사무실 문을 박차고 나갔다.

남자가 나가고 데이브가 용호에게 다가왔다.

"봤지?"

"그, 그래."

"그때 보니까 회의실에 스티브도 왔더라, 분명 실력은 뛰어날
지 몰라도 조심해야 돼."

용호는 오히려 은근히 다가와 말하는 데이브의 모습이 신기
했다.

그가 이렇게 회사 내의 상황에 관심이 있다는 사실이 놀라
웠던 것이다.

"네가 이렇게 회사 사람들에게 관심 있었어?"

용호의 말에 데이브의 얼굴이 당혹감으로 물들었다. 그러자

옆에 있던 제시가 툭 하고 한마디를 던졌다.

"그건 내가 말해주지, 왜냐하면 데이브가, 읍읍."

데이브는 말을 하고 있던 제시의 입을 손으로 급하게 틀어막았다.

"악!"

이내 데이브의 비명이 들려왔다. 제시도 가만히 있지만은 않았다. 입을 막고 있던 데이브의 손가락을 깨물어 버린 것이다.

"별 대단한 이야기도 아닌데 왜 막아!"

"힝……."

데이브가 비 맞은 강아지처럼 끙끙거렸지만 제시에게는 통하지 않았다.

"데이브가 원래 스티브 팀이었는데, 반항하다가 기술적으로도 완전 녹다운 당했거든. 예전에 네가 마크를 이긴 것처럼. 그러고는 지금 팀으로 넘어온 거지."

용호는 둘의 투닥거림이 보기 좋아 미소 짓고 있었다. 친하기 때문에 저런 모습을 연출할 수 있으리라.

그러나 웃고 있는 용호의 모습을 본 데이브는 다른 의미로 받아들인 것 같았다.

"우, 웃어?"

데이브가 용호의 목에 헤드록을 걸며 달려들었다.

"켁. 미, 미안. 놔, 놔줘."

"용호!"

한동안 데이브는 용호의 목을 잡은 채 놓아주지 않았다. 다행히 근처에 있던 제임스가 도와준 덕분에 용호는 데이브의 손에서 빠져나갈 수 있었다.

최적화.

버그 창이 설계 문서에 디펜던시가 걸려 있다 보니 최적화에 한계가 있었다.

설계 문서에서 벗어나 구조까지 바꾸지는 못했다.

바꾸는 것이 부분 수정.

부분부분을 수정하며 소스를 최적화했다.

10의 메모리만 써도 되는 부분에 100의 메모리를 차지하는 변수를 선언한 부분들을 바꿨다.

1부터 100까지 하나씩 조사를 해야 되는 부분은 결과가 나오는 즉시 다음 처리를 할 수 있도록 만들었다. 50에서 결과가 나왔는데 100까지 조사를 하는 건 비효율이니까.

그렇게 부분부분 수정하는 것을 버그 창이 안내해 주었다.

버그 창이 안내하는 요소들을 모두 수정하고 프로그램을 돌려 보았다.

'더 이상은 무리겠네.'

!!!!!Pass fail!!!!!
Compressibility : 41.5%

41.5%로 역시나 결과는 실패.

용호가 버그 창의 도움까지 얻어낸 최종 결과였다.

'이, 이상은 무리인가.'

이 정도만 해도 대단한 성과였다.

비록 용호는 모르고 있었지만 제프가 만들어낸 결과는 25%대의 성능을 보이고 있었다.

그에 비하면 1.7배가량 뛰어난 성과였다.

'흠… 일단 이대로 적용을 한번 해볼까.'

어차피 더 이상의 퍼포먼스를 낼 수 없다면, 이대로 테스트를 해보는 것도 나쁘지 않을 것 같았다.

소스는 굳이 저장소에 올리지 않았다.

현재 branch에 수많은 소스들이 올라오고 있었다.

그걸 보고 용호는 적당한 것이 있으면 master로 병합해 주었다.

용호가 커미터인 손석호가 된 것이고 회사 사람들이 컨트리뷰터였던 안병훈이 된 것이다.

현재도 수많은 사람들이 용호가 최초에 올린 소스를 개선하여 branch에 소스를 올리고 있었다.

거기에 버그 창이 알려준 답을 올려 그들의 열정을 막고 싶지 않았다.

용호가 서버 성능 향상을 위한 모듈 개발에 정신없는 사이 각각의 분야들도 점차 구체적인 형태를 만들어내고 있었다.

프론트 엔드인 앱의 루시아와 웹을 개발하고 있는 마크도 프로토 타입 버전을 빌드하여 서버에 올려두었다.

백엔드 작업인 데이터베이스도 이미 완료되어 있었고 서버의 성능을 높이기 위한 모듈이 개발됨으로써 조각들이 자리를 찾아가고 있었다.

용호가 마지막 조각인 이미지 처리를 위해 나대방을 찾았다.

"대방, 라이브러리는 어떻게 됐어?"

"며칠만 더 주시면 끝날 것 같습니다."

나대방도 놀고 있지만은 않았다. 신세기에서는 만나볼 수 없는 실력자들이 즐비했다.

관심과 노력만 있다면 배울 수 있는 기회는 널려 있었다. 일하는 시간에 자유가 보장되고 한국과는 차원이 다른 연봉이 제공되다 보니 사람들 사이에 여유가 있었다.

여유는 곧 다른 사람들에 대한 배려로 나타났다.

회사 사람들은 나대방이 물어보는 것들에 대해 귀찮아하지 않고 하나하나 차근히 대답해 주었다.

그런 배려들이 나대방의 성장을 가져왔다.

"오오?"

"형님, 저도 가만히 있었던 건 아닙니다!"

"알지, 잘 알지."

나대방의 열정은 그 누구와도 비교할 수 없을 만큼 뜨거웠다. 용호도 매일 밤늦게까지 회사에 남아 일을 하곤 했지만 나대방은 집으로 노트북을 가져가 일을 하고, 데이브의 가르침을 받으며 공부했다.

일주일은 데이브를 쫓아다니며 배웠고 또 다른 일주일은 제임스를 쫓아다니며 배웠다.

그런 노력의 결과물이 곧 나타나려 하고 있었다.

"형님도 며칠만 좀 쉬세요."

매일같이 강행군을 하는 용호가 염려스러웠던지 나대방이 말했다.

강행군을 했기에 일정보다 프로토 타입이 빨리 완성되었다. 더구나 용호는 서버의 성능을 획기적으로 늘릴지도 모를 모듈까지 개발한 상태였다.

근면을 넘어 악착같이 일했다.

나대방도 악착같이 노력했기에 지금까지 올 수 있었다.

"그래, 잠깐 눈 좀 붙여야겠다."

하루 종일 컴퓨터만 봐서 그런지 시도 때도 없이 눈이 시큰거렸다.

그리고 눈꺼풀이 저절로 내려앉았다.

나대방의 말대로 잠시 쉬어야 할 것 같았다.

*   *   *

회의실의 분위기가 무겁게 내려앉아 있었다. 시스템에 과부하가 걸릴 시간은 하루하루 다가오고 있었지만 준비 상태가 스티브가 원하는 정도의 수준에는 미치지 못했다.

"블랙 프라이데이가 이제 일주일 남은 건 다들 알고 있겠지?"

"……."

"지금 처리할 수 있는 하루 사용자가 몇 명이라고?"

"팔천만 명 정도 됩니다……."

"요즘 해외 직구가 엄청난 속도로 늘어나고 있다는 건 다들 알고 있을 거라 생각하는데……."

스티브가 뜸을 들였다.

기분이 좋지 않다는 징조였다. 그런 스티브의 반응에 개발자들은 바짝 긴장했다.

딴생각도 할 수 없었다.

"내가 없었으면 팔천만 명의 접속자를 유지할 수 있었을까?"

회의에 참석한 프로그래머들이 아무 말도 할 수 없는 이유였다. 스티브가 없었다면 하루 팔천만 명이라는 접속자를 처리할 수 없었을 것이다.

그가 직접 개발에 참여하여 서버 성능 향상 작업을 코드 레벨에서부터 진행했기에 지금의 결과가 나올 수 있었다.

"현재 도커를 이용한 스케일 아웃 테스트를 진행하고 있으니, 결과가 나온다면 일억 명까지는 커버리지 내에 들어올 것이라 예상하고 있기는 합니다."

한 개발자가 용기 내어 말했다.

그러나 이내 수그러들 수밖에 없었다.

"내가 원하는 건 일억이 아니라 사용자 이억이야."

"……."

"지금 우리 회사의 한계를 스스로 정하는 건가?"

스티브는 영 마음에 들지 않는다는 듯 추궁했다. 하루 이용자를 한계 짓는다는 건 회사의 규모를 결정하는 것과 동일하다 여겼다.

스티브의 생각으로는 전 세계의 인구가 60억이라면 시스템적으로는 60억 명의 사용자를 커버할 수 있어야 한다고 여겼다.

우리는 세계 최고의 회사니까.

"이제 일주일 남았어. 그 안에 이억 명의 요청을 견디는 서버를 개발해 오지 못하면 다들 각오하는 게 좋을 거야."

스티브가 일종의 최후통첩을 날렸다.

회의에 참석한 프로그래머들의 낯빛이 새카맣게 변한 건 어쩌면 당연한 일이었다.

블랙 프라이데이는 스티브만의 관심사가 아니었다.

인터넷이 생기자 전 세계는 하나로 이어졌다.

전 세계의 사람들이 블랙 프라이데이에 관심을 가졌고 그중에서도 가장 유명한 인터넷 쇼핑몰인 Jungle에 접속하기를 원했다.

일 년 중 Jungle의 접속자가 가장 많아지는 날이자 가장 많은 매출을 발생시킬 수 있는 날이었다.

당연히 경영진의 관심도 쏠릴 수밖에 없었고, 이는 곧 전 임직원의 관심사가 될 수밖에 없었다.

"하긴 해외 매출도 점진적으로 증가하고 있으니 그럴 만도 하네."

용호는 옆에서 중얼거리는 소리에 선잠에서 깨어났다.

"하루 접속자 이억을 커버하는 서버라. 할 수 있을까?"

막 잠에서 깨어난 용호는 마지막 말밖에 듣지 못했다.

할 수 있을까?

당연히 할 수 있다.

"···하, 할 수 있지."

"응?"

"하, 할 수 있어."

졸린 눈을 비비며 비몽사몽간에 용호가 중얼거렸다. 옆에서 이야기를 하던 제시는 어이가 없다는 듯 용호를 바라보았다.

"잠이나 더 자."

바로 옆에서 지켜보던 제시는 어떤 상황인지 명확히 알고 있었지만 주변의 사람들은 아니었다.

그렇지 않아도 용호의 이름이 회사 내에서 부각되고 있는 상황이었다.

스티브를 대체할 인재.

끝을 모르는 잠재력을 가진 천재.

천재 제프 던의 숨겨진 제자.

등등 용호에 대한 소문은 부풀려질 대로 부풀려진 상황이었다. 방금 전의 별것 아닌 상황도 풍선처럼 커져만 가는 소문에 힘을 더했다.

용호가 나서면 하루 이억 명을 처리하는 서버는 별것 아니다.

소문의 길이는 단 하나의 문장으로 표현되었지만 소문이 가진 무게는 그리 가볍지 않았다.

*　　　　　*　　　　　*

상황판이 설치되고 접속자 수가 실시간으로 집계되고 있었다. 블랙 프라이데이라는 세일 행사는 당일만 진행되는 것이 아니다. 통상적으로 해당 일이 속해 있는 한 주간 세일을 진행한다.

회사에 따라서는 11월 1일부터 세일을 진행하는 곳도 있었다. 점점 세일 폭을 올려가면서 블랙 프라이데이로 나아가는 것이다.

세일 폭을 올려가며 소비자들의 기대 심리를 높여가다 블랙 프라이데이에 '빵!' 하고 폭탄 세일을 터뜨리는 것이 이번 해 회사의 전략이었다.

"몇 명이야?"

"현재 오천만 명입니다."

"여유 있다고 방심하지 말고."

"네."

서버 상황을 모니터링하는 사람들의 얼굴에 불안감이 피어 있었다.

사실 사람이 직접 화면을 보며 일일이 모니터링하지 않아도 자동으로 모니터링이 되고 있었다. 또한 부하가 발생하는 시점에 자동으로 문자나 메일로 안내되는 시스템도 구축되어 있었다.

뿐만 아니라 과부하 서버가 확장되고 다시 축소되는 시스템까지 갖춰져 있는 상황이었다.

그럼에도 모니터링 화면에서 눈을 떼지 못했다.

그만큼 중요하다는 뜻이었다.

용호도 모니터를 보고 있었다.

말로만 듣던 블랙 프라이데이를 직접 확인해 보니 정말 눈 돌아가는 가격대였다.

"오, 싸긴 싸네."

용호도 가격을 보고 놀랄 수밖에 없었다.

100만 원을 호가하던 노트북이 30만 원대에 팔리는 것도 있었다. 그러나 용호가 사려는 건 그런 전자제품이 아니었다.

"뭐 사시려고요?"

한창 모니터를 보고 있는 용호의 뒤에서 나대방이 불쑥 튀어나왔다.

일을 하다 심심한 모양이었다.

"그냥 집에 뭐 보낼 거 없나 해서."

"형님, 부모님 옷 사시려고 그러는 거죠?"

나대방의 추측은 정확했다. 그건 용호가 움찔거리는 것만 봐도 알 수 있었다.

"뭐. 그렇지. 겨울도 오는데 따뜻한 옷 한 벌이라도 해드리려고."

"돈도 잘 버시는 분이 백화점에서 사시지."

나대방의 말에 용호가 발끈했다.

"백화점에서도 사고 여기서도 살 거야!"

"여기서 사신다는 분이 이렇게 준비가 안 돼 있어서야. 이거 보이십니까?"

나대방이 손에 든 A4 한 장을 팔랑거리며 용호에게 보여주었다.

"그게 뭔데?"

"옷 세일 품목 및 할인율, 그리고 몇 시에 할인이 진행되는지까지!"

"그, 그걸 어떻게 구했어?"

용호는 진심으로 놀란 듯했다. 이른바 내부 정보였다. 일반 소비자들은 절대 알 수 없는 리스트가 나대방의 손에 들려 있었다.

"제가 누굽니까? 아시면서. 자, 그럼 쇼핑 한번 시작해 볼까요?"

"그, 그래."

나대방 덕분에 용호는 질 좋은 상품들을 아주 싼 가격에 구매할 수 있었다.

옷에서부터 집에 필요한 로봇 청소기, 그리고 안마 기구들까지 한국의 집으로 배송시켰다.

'이 정도면 됐겠지.'

아직 변변찮은 효도 한번 하지 못한 것 같아 항상 마음에 짐으로 남아 있었다.

그런 마음의 짐이 약간이나마 가신 것 같았다.

한국의 평범한 직장인이라면 한 번쯤 접속해 볼 수밖에 없었다.

해외 직구가 보편화되면서 합리적인 가격에 질 좋은 상품을 구매할 수 있는 길이 열린 것이다.

사이트에서 구매해도 되고 구매 대행이라는 방법도 존재했다. 관심과 약간의 노력만 있다면 합리적인 소비를 할 수 있는 것이다.

최혜진 역시 예외는 아니었다.

"노트북이나 하나 사볼까."

오래된 노트북을 바꾸기 위해 이리저리 찾아보던 최혜진도 블랙 프라이데이라는 게 있다는 사실을 알게 되었다.

"헐, 여기 오빠가 근무하는 데 아냐?"

최혜진이 말한 오빠는 나대방, 한창 용호의 쇼핑을 도와주고 있었다.

"세일한다고 많이 바쁜가 보네."

그럴 수밖에 없는 것이 해외 직구 관련 커뮤니티 곳곳에서 사이트에 대해 성토하는 글이 조금씩 올라오고 있었다.

너무 느리다.

몇몇 상품을 클릭하면 오류가 난다.

갑자기 접속이 안 된다.

등등 블랙 프라이데이만을 기다리며 회원 가입을 하고 사이트에 접속한 사람들의 불만들이 커뮤니티를 통해 퍼지고 있었다.

"뭐, 날 두고 떠난 벌이지."

한국에서 접속하는 숫자가 늘어날수록 불만 글의 개수도 많아지고 있었다.

그러나 그건 비단 한국에서만 벌어지는 현상이 아니었다. 세계 각지에서 인터넷을 통해 파격 세일이 벌어지는 미국으로 진격하고 있었다.

그만큼 접속자는 늘어만 갔다. 이제는 천만 단위가 아닌 억단위로 넘어갈 듯했다.

"9천만 명 돌파했습니다."

"서버 상황은?"

"아직 무리 없습니다."

"스케일 아웃 상태는?"

"현재 진행 중입니다."

"좋아."

모니터링을 하고 있던 직원의 말에 스티브가 흡족한지 음료를 한 잔 들이켰다.

한 해 중 가장 긴장되는 순간이었다.

하드웨어 장비가 무한정 있다면 모든 자원을 쏟아부어 접속자를 받으면 된다.

그러나 한 대, 한 대가 비용이었다.

하루가 다르게 기술은 발전하고 있었고 회사에서는 소프트웨어적인 기술로 하드웨어를 대체하길 원했다.

그것이 곧 성과였다.

작년에 100대로 커버할 일이었다면 올해는 90대로 줄여야 했다.

10대의 비용이 절감되는 그것이 곧 성과였다.

성과는 높을수록 좋았다.

그래야 인센티브가 올라가고 회사 내에서의 입지도 탄탄해진다.

"9,500만 명… 곧 일억 명 돌파합니다."

해가 지날수록 사이트 접속자 수는 늘고 있었다. 그것이 곧 매출로 연결되는 것이다. 매출은 늘어나고 비용이 절감된다면 당연히 수익은 늘어갈 것이다.

그것은 곧 인센티브라는 이름으로 스티브의 배를 채울 것이다.

"스케일 아웃 진행 중."

사용자가 늘기 전에 선제적 대응이 필요했다.

일억을 돌파하기 전 서버 대수를 늘리는 것이다. 장비를 총

동원했다.

테스트 장비로 쓰이는 것들까지 이번 주 사이에는 트래픽을 분산하기 위한 용도로 동원되었다.

Scale out success.

다시 10대의 장비가 추가되었다.

그리고 사용자도 늘어났다.

늘어난 사용자 만큼 트래픽(서버로의 데이터 전송량)은 기하급수적으로 늘어난다.

사용자가 웹에 접속하여 하는 모든 활동이 트래픽이다.

상품을 보기 위해 클릭을 한 번 할 때마다, 속도가 느린 것 같아 화면을 리로딩시킬 때마다 트래픽이 발생하는 것이다.

"스케일 아웃 완료되었습니다."

아직까지는 별다른 문제가 발생하지 않고 있었다.

접속자가 피크를 칠 시간은 블랙 프라이데이 당일.

하나같이 어서 그날만 지나가길 바라고 있었다.

그러나 그건 관계자들만의 바람일 뿐이었다.

*   *   *

"응, 나야 잘 지내지. 옷이랑 안마기 해서 몇 개 보냈으니까 택배 오면 잘 받으라고."

"얼마나 번다고 그런 걸 보내."

"괜찮아. 요즘 월급도 많이 올랐어."

"그래서 한국에는 언제쯤 오는 거냐."

"조금만 더 하고."

"……."

용호의 말에 잠시간 정적이 흘렀다. 잠시간의 정적에서 용호
는 어머님의 섭섭함을 읽었다.

"조금만 더 하고 갈 거야. 회사에서 자꾸 남아달래서."

"얼마 전에 전 회사 팀장이라는 사람이 찾아왔더라."

"응?"

"이름이 정단비라고 하던데."

"아, 아……."

"결혼은 언제 하려고 그래."

"아, 엄마. 나 다시 일이 생겨서 들어가 봐야 할 것 같아."

"그래, 어서 들어가야지."

좀 더 통화를 하고 싶었지만 결혼 이야기가 나오자 용호는
서둘러 전화를 끊었다.

'정단비 팀장이라.'

정말 오랜만에 들어보는 이름이었다. 이제 이곳에 온 지도
거의 일 년이 다 되어가고 있었다.

한국은 겨울의 초입. 용호는 그리 춥지는 않았지만 습관 때
문인지 옷깃을 여몄다.

"접속자 1억 5천만 명 넘어서고 있습니다."

정확히는 오늘 하루 한 번이라도 로그인을 했던 사용자를 집계하고 있었다. 그런 사용자가 점점 늘어나는 것이다.

로그인을 하지 않고 사이트를 이용하는 사용자 수도 상당했다.

"이제 몇 대까지 쓸 수 있지?"

"가용한 건 아직 50대가량 되나 30대는 테스트를 해본 장비가 아니라서⋯⋯."

스티브의 질문에 직원이 말끝을 흐렸다. 규모가 있는 회사이니만큼 장비는 충분했다.

그러나 테스트가 완벽하게 되어 있지 않았다.

"⋯뭐 했나? 지금까지."

"며칠 전에 한 명이 퇴사하는 바람에 인원이 부족했습니다."

"하여간 지금 시간 있으니까 어서 테스트해 봐."

스티브는 간단하게 말했지만 테스트라는 것도 그리 간단한 작업이 아니었다.

서버의 사양이 같다고 해도 부하가 몰리는 상황에서 어떤 이슈가 발생할지 몰랐다.

그래서 최소한 상용화될 서버에 실제 프로그램을 설치하고 상용 환경에서 생길 부하에 대한 다양한 케이스에 대해 테스트가 진행되어야 했다.

때로는 디도스라 불리는 대량 트래픽을 발생시켜 서버의 상태가 어떻게 변하는지에 대한 관찰도 필요했다.

그런 일련의 절차를 거치기 위한 최소한의 시간이 필요한 것이다.

그리고 그러기에는 절대적인 시간이 부족했다.

                    *   *   *

남들이 쉽게 구하지 못할 정보를 얻을 만큼 나대방의 마당발은 언제나 소문의 최전선에 발을 내딛고 있었다.

"블랙 프라이데이 TF팀 분위기가 심상치 않던데요?"

"그래?"

"네. 이제 내일 당장 그날인데 유휴 장비도 다 떨어진 것 같더라고요. 그래서 테스트를 안 한 장비까지 가져다 쓰는 모양이던데… 문제라도 생기면 어쩌려고 그러는 건지."

"Chief 님도 있는데 별일 있겠어."

"뭐, 그렇기야 하지만."

"근데 너, 이미지 처리 모듈은 개발 끝난 거냐?"

"형님, 디데이에는 전 사원이 대기해야 하는 거 아시잖습니까."

나대방이 펄쩍 뛰며 말했다. 나대방의 말대로 디데이, 블랙 프라이데이에는 전 사원이 상황을 예의 주시해야 했다.

그만큼 접속자가 몰렸을 때 발생되는 한 번의 오류는 치명적이었기에 일정은 자연스레 하루씩 미뤄졌다.

"하여간 말은."

용호가 혀를 차며 말했다. 그러나 별다른 말은 하지 않았다.

퍼벅.

과부하가 걸린 서버 몇 대가 불꽃을 튀기며 멈추었다.

단 1%의 확률로 서버가 고장 난다고 했을 때 100대의 서버를 운용하면 꼭 1대는 고장이 난다는 말이었다.

하물며 100대가 아닌 500대, 그리고 그 이상의 데이터 센터를 운영한다면 하드웨어 고장은 일상적인 일이었다.

그러나 하필 벌어진 날이 평소와는 다른 날이었다.

"하아… 그러면 이제부터 테스트 안 된 장비들이 투입된다는 말이지?"

"네……."

스티브의 예상이 우연찮게 맞아떨어졌다. 사용자는 끝을 모르고 올라가기만 했다.

전 세계로 인터넷이 퍼졌고 꼭 PC가 아니라 모바일로도 웹에 접근할 수 있게 되었다.

이는 곧 서버가 견뎌야 할 부하는 더욱 커진다는 의미. 부하는 마치 블랙홀처럼 장비들을 빨아들였다.

더욱이 기존 하드웨어들이 한두 대씩 뻗고 있는 상황이었다.

직원은 더 이상 자신들만으로 커버 칠 일이 아니라 여겼다.

"지원 요청해야 하지 않을까요?"

"누구한테?"

"소문을 듣자 하니 용호 씨가 그렇게 잘한다는데……."

"검증되지도 않은 소문에 시스템을 맡기자는 건가?"

"이러다 사용자 컷을 해야 할지도 모르는데⋯⋯."

전체 서버를 마비시킬 수는 없었다.

방법은 일정 사용자 수를 유지하는 것.

그렇게 되면 몇몇 사용자들은 자동적으로 웹에 접근이 불가능해지는 것이다.

"⋯⋯."

"일단 방법이 있는지 문의라도 해보죠."

그러나 굳이 그럴 필요가 없었다.

스티브와 직원들이 있는 자리로 마침 용호가 걸어오고 있었다.

"혹시 제가 늦었나요?"

"여긴 어떻게⋯⋯."

용호가 옆구리에 끼고 온 노트북을 내려놓으며 말했다.

"먼저 문제 해결부터 하고요."

뚜두둑. 뚜둑.

두어 번 손가락을 푼 용호가 이내 타자를 치기 시작했다.

Chapter 7
능력에 걸맞은 대우

용호에 대한 소문은 이미 전 사에 퍼져 있었다.

블랙 프라이데이에 대한 관심 역시 전 임직원의 관심사였다.

그 둘은 필연적으로 이어질 수밖에 없었다.

스티브가 어려움을 겪고 있다는 사실을 알게 된 회사의 경영진이 용호에게 서포트를 요청했다.

딱히 거절한 명분도 없었기에 경영진의 요청을 수락했다.

그 결과가 지금 용호가 스티브가 있는 사무실에 나타난 것이다.

'상황이 정말 최악인 거 같긴 하네.'

노트북 화면으로 보이는 서버 모니터링 상황이 가히 좋지 않았다.

대부분의 서버에 빨간 불이 들어와 있었다.

서버 사용량을 나타내는 막대의 대부분이 붉은빛을 발하고 있었다.

전 서버 종합 부하율 96.3

매뉴얼에 따르면 98이 되는 순간부터 사용자 제한을 실시해야 한다.

100이 되는 순간, 흔히 말하는 시스템 다운이 발생해도 전혀 이상하지 않은 상황인 것이다.

흔히 말하는 썹따.

IT 회사로서는 최악의 상황에 직면하는 것이다.

서버 다운 시 발생하는 VoC(Voice of Customer)처리를 위해 얼마만큼의 비용이 나갈지 예측하기 힘들었다.

과거 경험에 비춰봤을 때 최소 천억 이상이었다.

왜 자신을 불렀는지 충분히 알 것 같았다.

이미 이곳에 오기 전 부하가 걸릴 만한 지점들을 쭉 한 번 훑어본 상태였다.

그리고 개선할 수 있을 만한 부분을 찾아두었다.

'이미지 서버 쪽의 통신에 내가 개발한 모듈을 넣어서 트래픽을 감소시키는 게 지금으로서는 최선이야.'

데이터의 크기는 텍스트보다 이미지가 크고, 이미지보다 동영상이 크다.

회사에서 판매되고 있는 상품에 대한 설명은 대부분 이미지로 제공된다.

그런 이미지들이 네트워크를 통해 사용자와 서버 구간을 오가며 부하를 발생시키고 있었다.

그래서 이런 이미지들은 부하 관리 차원에서 별도의 서버에 저장해 두고 사용하는 것이 일반적인 시스템 구성 방법이다.

이른바 이미지 전용 서버, 전문 용어로는 CDN(Contents Delivery Network)라 부르는 것이다.

용호는 바로 이미지가 저장되어 있는 서버에서 개선할 수 있는 포인트를 보았다.

'현재 전체 트래픽에서 이미지가 차지하는 게 30%가 넘으니 이 부분에 압축 모듈을 적용해서 네트워크를 통해 전달되는 데이터의 양을 줄이자.'

용호가 가진 압축 모듈의 압축률이 40%였다.

이걸 이미지 서버에 적용해서 네트워크를 통해 전달되는 이미지 데이터의 크기를 줄이려는 것이다.

이미 이곳에 오기 전 테스트까지 마쳐두었다.

적용만 하면 끝날 일이다.

Never happen!

절대 안 돼!

시작도 하기 전에 반대에 부딪쳤다.

제대로 테스트도 되지 않은 라이브러리를 상용 환경에 바로 적용할 수 없다는 것이 이유였다.

"제가 책임지겠습니다."

"그럴 권한도, 책임을 질 만큼의 위치도 안 된다고 생각하는데."

스티브는 용호의 말을 듣지 않았다.

"그러면 그냥 이대로 있다가 사용자를 제한하시겠다는 말씀이신가요?"

"그게 아직 불확실한 자네의 소스를 사용하는 것보다는 낫지."

용호가 문제를 해결하겠다고 자원해서 온 것도 아니었다.

스티브의 난색에 용호는 바로 전화를 걸었다.

용호가 바꿔준 전화를 받은 스티브의 얼굴이 붉으락푸르락해졌다.

"네… 네."

'네'라는 말 말고 다른 말은 들리지 않았다.

자유로운 분위기의 회사이지만 이곳도 조직이다.

결정권를 가진 누군가는 존재했고, 그 결정을 따라야 했다.

스티브도 그 '결정'에서 벗어날 수 없었다.

결국 마련된 절충안이 '순차 적용'이었다.

한 번에 전체 서버에 적용하기보다는 순차적으로 포팅(프로그램 설치 행위)하며 상황을 지켜보자는 뜻이었다.

한두 대의 서버를 관리하고 있다면 이런 과정이 필요 없겠으나 관리되고 있는 서버만 수백 대, 순차 포팅은 필수였다.

"50번 서버까지 적용 완료되었습니다."

적용을 마친 서버부터 점차 안정을 찾아가고 있었다.

빨간 기둥이 점차 고개를 숙이고 노란색, 이내 초록색의 막대로 변해갔다.

"그럼 다음 서버 적용해 주세요."

그리고 다시 다음 차례를 기다리고 있는 서버에 용호의 모듈이 적용되었다.

마치 백신을 맞은 감기 바이러스가 죽어가는 과정 같았다.

바이러스로 고열에 시달리는 인간의 신체가 점차 정상을 찾아가듯 컴퓨터들도 안정을 찾아갔다.

부하가 줄어들자 고장 나는 장비의 개수도 빠른 속도로 감소되었다.

"휴우……."

그리고 이내 불이 모두 꺼지고 한숨을 돌릴 수 있는 시간이 찾아왔다.

전 서버 종합 부하율 72.1

전체 서버의 상태를 나타내는 막대도 초록색으로 변해 있었다.

한숨을 돌린 건 용호만이 아니었다.

서버의 상태를 지켜보던 프로그래머들의 대부분이 의자 깊숙이 등을 댄 채 쉬고 있었다.

갑작스레 풀린 긴장 덕분인지 손끝 하나 움직이지 못하고 있는 사람도 있었다.

"그럼 저는 이만 돌아가 보겠습니다."

더 이상 이곳에서 할 일이 없었다. 용호는 컴퓨터를 챙겨 자리에서 일어나려 했다.

그런 용호를 스티브가 붙잡았다.

"잠시 이야기 좀 할까요?"

근황에서 시작된 말의 결과는 자신의 팀으로 들어오라는 뜻이었다.

회사의 핵심 시스템을 개발 및 담당하고 있다.

그러니 내 밑으로 들어오면 회사의 핵심 프로그래머로 대우받을 수 있다.

나한테 와라.

'근래 들어 러브 콜이 많단 말이야.'

제프 던에 이어 스티브까지 모두 자신을 원하고 있었다.

'내가 그렇게 싼 남자가 아니란 말이지.'

노력에 대한 대가가 항상 따라오는 것은 아니다.

그러나 대부분의 경우 크기가 작든 크든 어떤 대가가 주어진다.

용호에게도 지금까지 노력에 대한 대가들이 하나씩 주어지려 하고 있었다.

*   *   *

용호를 바라보는 시선이 변했다.

예전에도 실리콘밸리에서 두각을 나타내는 동양인들은 존재
했다.

존재했다.

그걸로 끝이다.

크게 이목을 끌지도 사람들의 시선을 받지도 못했다.

소프트웨어 회사도 결국 하나의 유기적인 조직체.

조직에 융화되어 톱니바퀴의 삶을 살아 나갔다.

용호는 톱니바퀴에서 벗어나고 있었다.

조직체의 일부분으로 살아가는 것이 아니라 계속해서 자신
만의 영역을 만들고 있었다.

그것이 사람들을 끌어들이고 있었다.

"한 건 했다면서요?"

모르는 사람이 먼저 다가와 말을 걸었다.

호의적인 말투와 태도, 상대방이 자신과 친해지고 싶다는 의
지가 팍팍 느껴졌다.

출근을 하는 데만도 벌써 몇 명째 인사를 하고 있는지 몰랐
다.

소문은 사실이라는 근거를 가지고 현실이 되고 있었다.

막바지 개발에 열과 성을 다하던 나대방이 어디서 뜬소문을

듣고 왔다.

"형님, 아주 유명한 사람이 되셨던데요?"

"뭐?"

"내년 Chief Software Architect에 내정되어 있다는 소문…
못 들어보셨어요?"

용호는 도무지 영문을 모르겠다는 듯 나대방을 바라보았다.
현재 용호가 하고 있는 일은 일종의 AA로 애플리케이션 개발
부분을 맡아서 하고 있었다.

그러나 직급은 staff engineer.

데이브가 Senior였으니 사실 데이브보다 낮은 직급이었다.

Chief는 최상위 직급이었기에 용호는 당연히 헛소리라 치부
했다.

"그런 헛소리나 할 거면 빨리 가서 코딩 한 줄이라도 더 해."

"진짜라니까요. 제가 말한 게 아니라 회사 내에서 그렇게 소
문이 돌고 있어요."

나대방이 억울하다는 듯 연신 가슴을 치며 말했다. 나쁜 소
문도 아니고 회사 내에서 그만큼 실력을 인정받고 있다는 사실
이었기에 한 걸음에 달려와 용호에게 이야기한 것이다.

"알았으니까. 어서 가서 하던 거나 마무리하자. 이제 며칠 안
남았다?"

"하여간 형님은 그저 일, 일. 어디 일 못해 죽은 귀신이 붙었
나."

"그 귀신 너한테 한번 씌워줄까?"

"사양합니다."

한바탕 소란이 끝나고 나대방이 자리로 돌아갔다.

'소문, 소문이라… 뭐, 곧 잠잠해지겠지.'

신세기에서는 이보다 더 안 좋은 소문이 돌았던 때도 있었다. 그러나 곧 잠잠해지고 사람들의 기억에서 잊혔다.

아무렇게나 찧어대는 입방아를 신경 쓸 시간에 차라리 책을 한 장 더 보는 것이 나은 일임을 이미 알고 있었다.

그러나 그건 용호의 착각이었다.

"Chief Software Architect님 오셨습니까!"

데이브가 장난스럽게 부동자세를 취하며 말했다. 어디서 그런 소문이 듣고 온 모양이었다.

"너, 넌 또 뭔 헛소리야."

"아닙니다. Chief 님, 소식 못 들으셨습니까?"

"응?"

순간 용호에게도 약간의 기대감이 서렸다.

설마 정말 한 번에 Chief 레벨까지 올라가는 건가?

연봉에서부터 회사 내에서의 대우까지 모든 것이 달라진다.

"지금 모이랍니다. 블랙 프라이데이 관련 기술 공유 세미나가 있답니다. Chief 님도 발표하셔야 하지 않습니까."

"주, 죽을래?"

"봤어? 방금 기대에 찬 눈빛으로 보는 거? 와, 야망 있는 남자야. 역시 우리 Chief 님."

옆에 있던 제시와 제임스가 한심하다는 듯 데이브를 바라보고 있었다.

동의를 구하는 데이브는 무시한 채 제시가 입을 열었다.

"가자, 블랙 프라이데이 준비 관련해서 기술 세미나 있다고 다들 참석하래. 너도 한 세션 맡고 있잖아."

"그래, 가자. 가야지."

일어나는 용호를 보며 제시가 짓궂은 표정을 지어 보였다.

"앞장서시지요. Chief 님."

"야!"

도망가는 무리를 쫓다 보니 어느새 기술 세미나가 열리는 장소에 도착해 있었다.

회사 내에서 프로그래머라는 직함을 달고 있는 사람은 모두 모여 있었다. 출장이나 재택근무 또는 지리적으로 먼 곳에 있어 참석이 힘든 인원들은 화상으로 참여했다.

이유는 블랙 프라이데이에 있었던 문제점들에 대한 공유를 위해서였다.

문제를 찾았으니 앞으로 이를 개선 및 발전시켜 다시는 이런 문제가 발생하지 않도록 하자는 차원이었다.

"이번 블랙 프라이데이에서는 DevOps 관점에서 서버의 스케일 아웃(서버 대수를 늘려 부하를 견디는 방법)이 빠르게 이루어지는 것에 중점을 두었습니다."

거대한 스크린에 발표 자료가 띄워져 있었고, 관련이 있는 수많은 프로그래머들이 집중해서 자료를 보고 있었다.

그 속에 용호도 앉아 있었다.

"꽤 유용한 내용이 많네."

데이브나 제임스도 하나같이 프레젠테이션에 집중하고 있었다.

docker.

netty.

mybatis.

현재 사용되고 있는 다양한 소프트웨어 스택들이 소개되었다. 이 정도 수준의 서버 운영 경험에 대한 정보는 그 어디에서도 얻을 수 없었다.

오직 이곳에서만 들을 수 있었다.

실제 경험을 해야만 알 수 있는 주옥같은 이야기들이 묻어나왔다.

두 번째 세션은 용호의 차지였다.

압축 모듈 자체가 가지는 매력에 회사에서 세션을 진행해 달라는 부탁을 한 것이다.

프로토 타입으로 개발된 것이 아니라 이미 상용에서 사용해도 문제가 없음이 입증된 라이브러리였다.

회사로서는 집중할 수밖에 없는 기술이었다.

그래서일까, 강당 뒤쪽에서부터 웅성거림이 들려왔다.

"아, 앉아들 계세요."

회장에서부터 기술과 관련이 있는 Chief급의 인원들이 하나
둘씩 강당으로 들어오고 있었다.

첫 번째 세션에는 참여하지 않았다는 것이 사람들 사이의
웅성거림을 더욱 커지게 만들었다.

"용호, 파이팅!"

웅성거림에도 개의치 않고 커다란 목소리가 강당에 울려 퍼
졌다.

데이브가 세션을 진행하는 용호를 응원하기 위해 플래카드
까지 준비해 흔들고 있었다.

나대방의 도움을 받았는지 플래카드에는 커다랗게 한글이
쓰여 있었다.

이용호 짱!!

피식.

용호는 자신도 모르게 웃음을 흘렸다.

그와 동시에 잔뜩 긴장되어 있는 몸이 풀려 나갔다.

그사이 강당으로 들어온 회장과 Chief급 인물들도 자리를
잡고 착석했다.

곧 용호의 발표가 시작되었다.

*   *   *

"보면 볼수록 탐나."

"……."

"정말 서버의 과부하가 해결되다니, 사실 잘 믿지 않았는데 이렇게 결과가 나오니 믿지 않을 수가 없군그래. 자네 생각은 어떤가?"

"저는 과대평가된 면이 있다고 봅니다. 현재 개발한 프로그램 역시 제프 던의 프로그램을 훔쳐왔다는 소문이 있고요."

"훔쳐왔다라……."

케네스의 부정적인 견해에도 스티브는 용호에게서 시선을 떼지 못했다.

지금 잡지 못한다면 영영 손에 놓지 못할 것 같았다.

마치 하늘로 치솟기 전의 로켓처럼 용호는 반짝거렸다.

Chief급의 기술을 가진 만큼 스티브는 용호의 기술력을 한눈에 알아보았다.

제프 던의 프로그램을 베꼈을지라도 용호를 자신의 팀으로 넣고 싶었다.

"절대 다른 사람에게 소스를 보여주지 않기로 유명한 사람 아닙니까. 그런데 제프 던의 소스를 참고했다면 훔쳐온 것 말고는 답이 없다는 것 아니겠습니까?"

"흐음… 그럼 자네가 한번……."

케네스와 스티브의 대화는 이내 관중들의 웅성거림에 묻혔다.

단상에 선 용호의 세션이 시작된 것이다.

마치 대학교의 강의장을 보는 듯한 풍경이었다. 제일 앞쪽에 단상이 놓여 있고, 단상을 중심으로 부채꼴 모양의 계단이 펼쳐져 있었다.

그 계단이 한 치의 빈틈도 없이 채워져 있었다.

생각보다 많은 사람들이 모였다.

"CDN의 역할을 하고 있는 이미지 서버에 제가 개발한 모듈을 적용했습니다."

그리고 이내 용호가 스크린에 띄워져 있는 화면을 바꾸었다.

화면에는 적용 전과 후의 서버 상태가 비교되어 있었다.

빨간색.

초록색.

극명하게 갈리는 두 가지의 색깔.

스크린을 보고 있는 누구나 알 수 있었다.

용호가 개발한 모듈을 적용한 전후의 차이를.

"보시는 바와 같이 이미지 서버에 가해지는 부하의 30% 이상을 감소시킬 수 있었습니다. 그렇게 절약된 리소스를 다른 쪽으로 돌림으로써 이번 블랙 프라이데이를 무사히 마칠 수 있었습니다."

용호의 세션도 이렇게 무사히 끝나는 듯싶었다.

"자, 그럼 이제 질문 받겠습니다."

용호의 말에 여기저기서 번쩍거리며 손이 올라와 있었다.

진행요원이 마이크를 들고 객석 이곳저곳을 옮겨 다녔다.

몇 명의 인물들이 질문을 마치고 케네스가 마이크를 넘겨받았다.

"흠흠… 저는 기술적인 질문이 아니라, 원론적인 질문을 하고 싶습니다. 현재 용호 씨가 소개한 기술은 본인이 직접 개발한 게 맞나요?"

"네. 맞습니다."

"제가 듣기로는 제프 던의 소스를 가져왔다고 들어서요. 혹시나 나중에 이 모듈이 회사에 본격적으로 적용되었을 때 분란이 일어날 소지를 미연에 방지하고자 위함이니 이 점 양해 부탁드립니다."

"물론, 제프 던의 소스를 일정 부분 가져온 것은 사실입니다. 그러나……."

용호가 말을 다 마치기도 전에 이곳저곳에서 웅성거림이 시작되었다.

프로그램을 개발하여 서비스하는 사람이 프로그램을 복제했다?

변명의 여지가 없었다.

소스도 엄연히 저작권이 있는 저작물이었다.

복제는 불법이자 범죄다.

"잠시만요. 그러나 분명 그의 허락을 받았습니다. 그리고 그의 소스는 참고만 한 겁니다."

"제프 던이 허락을 했다고요? 제프 던, 우리가 아는 그 제프 던이 말입니까?"

케네스도 익히 제프 던을 알고 있는지 여러 번 강조하며 말했다.

그럴수록 객석의 분위기가 이상하게 흘러갔다.

용호의 말은 믿지 않고 케네스의 말에 동조하는 듯했다.

"그렇습니다. 뭐 문제 있나요?"

"제프 던, 누구나 최고의 프로그래머를 이야기할 때 손에 꼽길 주저하지 않는 자. 하지만 까칠함의 대명사이자 오픈 소스 진영의 반대편에 서 있는 클로즈드 소스 진영의 대표 주자가 소스를 순순히 보여줬다고요? 지금 그 말을 믿으라는 겁니까?"

마이크를 잡은 케네스가 열변을 토해냈다. 그리고 케네스가 말을 이어갈수록 사람들은 의심스러운 눈으로 용호를 바라보았다.

케네스의 말대로 제프 던은 단 한 줄의 소스도 인터넷상에 공개하지 않았다.

그럼에도 최고의 프로그래머를 손에 꼽을 때 항상 들어가는 인물이었다.

오픈 소스를 싫어하는 것은 아니나 결코 자신의 소스를 공개하지 않는다.

그런 사람이 용호에게 소스를 보여줬다는 것이 도저히 믿기지가 않는 것이다.

더구나 소스를 사용해도 좋다는 허락까지 했다?

객석에 앉아 있는 사람들 중 제프 던을 알고 있는 사람이라면 누구나 믿지 못할 이야기였다.

잠시 생각을 정리하던 용호를 대신해 이번에는 스티브가 나섰다.

"지금 서로의 주장이 반대편에 있으니 간단하군요. 제프 던에게 직접 물어보면 되지 않겠습니까?"

회사의 Chief 직급의 말이었다. 그리고 스티브가 말한 방법은 누구나 인정할 수 있었다.

가장 빠르게 현재의 상황을 해결할 수 있는 방법이었다.

스티브는 용호의 의사는 묻지도 않은 채 바로 말을 이었다.

"저한테 전화번호가 있으니 바로 전화를 걸어보죠."

스티브가 전화를 걸었고 마이크를 통해 전해진 통화 연결음이 스피커를 통해 흘러나왔다.

띠리리리.

띠리리리.

딸칵.

"제프, 오랜만일세."

전화번호가 맞았는지 스피커를 통해 제프의 목소리가 흘러나왔다.

제프 던과 실제 만나본 사람 자체가 거의 없는 상황이었다. 만약 용호가 전화를 걸었다면 약간의 의심이라도 생길 수 있는 상황.

그러나 지금은 스티브가 전화를 걸었다.

한 치의 의심도 생길 수 없는 상황인 것이다.

평상시에는 유순하고 부드러운 스티브와는 달리 명성대로 제프의 음성은 까칠했다.

"바쁘니까 끊지."

제프는 길게 말하지도 않았다. 전화를 받자마자 끊자고 말했다. 정말로 전화를 끊을 사람이란 걸 알기에 스티브가 서둘러 말을 이었다.

"잠시만 기다려 주게. 지금 자네와 친하다는 사람이 있어서 말이야."

스티브는 어느새 용호를 제프와 친한 사람으로 둔갑시켰다. 용호는 단 한 번도 제프와 친하다는 말을 회사에서 꺼낸 적이 없었다.

의도적인 단어 선택이었다.

"그런 사람 없네. 이제 됐나?"

스티브와 제프는 두 자릿수 이상 나이 차가 존재했다.

그럼에도 제프는 거침이 없었다.

까칠함을 넘어 안하무인으로 보이기까지 했다.

영어에는 존댓말의 개념이 없다는 것이 다행이었다.

"자, 잠깐! 요, 용호, 용호라고 알고 있나?"

바로 전화가 끊길 것 같았기에 스티브가 다급하게 제프를 불렀다.

잠시간의 정적이 흐른 뒤 전화기를 통해 제프의 음성이 들려왔다.

"바꿔주게."

제프의 한마디에 객석이 다시 술렁이기 시작했다. 이로써 서로 모르는 사이가 아니라는 것이 증명된 것이다.

스티브가 전화기를 들고 직접 단상에 서 있는 용호에게 다가 갔다.

그리고 손에 들고 있던 전화기를 건네주었다.

전화를 받은 용호가 짧은 한마디를 던졌다.

"제이, 오랜만이에요."

제이, 제프의 애칭이었다.

정말 친한 사람들에게만 공개한다는 애칭으로 부르고 있었다.

평상시에는 잘 부르지 않았지만 지금은 그래야만 할 것 같았다.

"진짜 바쁘니까 헛소리하지 마라. 전화번호도 있으면서 왜 스티브의 전화기로 전화를 걸었지?"

제프의 말이 스피커를 통해 강당으로 울려 퍼졌다.

이미 애칭을 부르는 순간 게임은 끝났다고 봐야 했다.

여전히 까칠한 목소리였지만 용호는 이 순간 제프의 목소리가 그렇게 반가울 수가 없었다.

상황은 빠르게 정리되었다.

용호는 하나부터 열까지 사실대로 제프에게 이야기했다.

"틀린 말이 없네."

제프의 그 한마디가 마지막 쐐기를 박았다.

전화가 끝나고 세미나도 끝이 났다.

수많은 프로그래머들이 용호에게 몰렸다.

그러나 곧 다들 비켜설 수밖에 없었다.

CEO였다.

회사의 CEO가 용호에게 말을 걸기 위해 다가오는데 비키지 않을 사람은 없었다.

"오늘 이야기 잘 들었습니다."

"아, 감사합니다."

용호도 이야기로만 들었지 실제 만나서 인사를 나누는 것은 처음이었다.

생각보다 젊었고, 잘생겼다.

여유가 있어 보였다.

Chief Executive Officer 기업의 최고 경영자.

한국에서와 다르게 강압적인 모습으로 격식이나 권위를 내세우는 분위기를 풍기지 않았다.

"용호 씨의 활약이 너무 대단해서, 오히려 저희가 고민이 많아졌습니다."

"네? 고민이요?"

"능력에는 그에 걸맞은 대우가 필요한 법이니까요."

다들 숨죽이고 둘의 대화를 지켜보고 있었다.

하루 사이에 해고자가 발생하는 미국이다.

그와 마찬가지로 능력만 있다면 하루 만에 staff가 임원이 되기도 한다.

더한 경우에는 인턴으로 입사한 친구가 그다음 날 투자를 받아 CEO가 되기도 하는 것이 실리콘밸리다.

한계는 없다.

정해진 폭도 없다.

능력에 걸맞는 대우만이 있을 뿐이다.

"……."

"일단은 Senior 직급으로 올리고 연봉도 다시 조정했습니다. 내일 출근하시면 조정된 연봉에 대해 들을 수 있을 겁니다. 그리고 현재 준비하고 있는 서비스가 성과를 보이고 방금 진행했던 세션에서 보여주었던 프로그램을 좀 더 범용성 있게 만든다면 Chief 레벨로 올려 드릴 것을 약속하겠습니다."

용호가 마른침을 삼켰다.

CEO가 직접 말한 것이니 틀림없을 것이다.

1년도 채 되지 않아 Senior급으로 승진한 것도 모자라, 이번 프로젝트가 잘 마무리되면 Chief급으로의 승진을 '고려'한다는 것도 아닌, 약속했다.

갑작스러운 파격 대우에 용호는 어찌할 바를 모르고 있었다.

뒤에서 처음부터 끝까지 이야기를 모두 듣고 있던 일단의 무리들이 앞으로 나섰다.

"형님, 축하드립니다."

"용호, 축하해. 내가 이렇게 될 줄 알았다니까. 승진했다고 다른 집으로 이사 가지는 마."

"축하한다."

"이제는 윗사람으로 모셔야 하는 건가?"

각자 한마디씩 축하 인사를 던졌다.

그때까지도 용호는 제대로 인사를 받을 준비가 되어 있지 않았다.

다음 날 받게 된 연봉 조정 문서를 보고 나서야 제대로 실감이 나기 시작했다.

27만 달러.

조정된 용호의 연봉이었다.

이중 7만 달러는 나대방의 몫이었으니 실질적인 용호의 연봉은 20만 달러가량 되었다.

한국 돈으로 치면 2억에 달하는 금액이었다.

일 년에 많아야 500만 원, 보통 2~3백만 원을 올려주는 한국과는 차원이 다른 대우였다.

아무리 실리콘밸리의 물가가 높다고 하지만 2억이면 충분히 여유롭게 생활할 수 있었다.

물론 개인별 연봉 사항에 대해서는 대외비였기에 다른 사람들에게 이야기할 수는 없었다.

그러나 감사 인사 정도는 해야 할 것 같았다.

용호의 두 손 가득 간식거리가 들려 있었다.

이번 승진에 가장 큰 도움을 준 사람은 제프라 할 수 있었다.

그의 소스가 있었기 때문에 서버의 부하를 해결할 수 있었고 이런 대우를 받을 수 있었다.

알고리즘 과외부터 압축 라이브러리까지 고마운 일들이 많았기에 저녁도 살 생각이었다.

"저 왔어요."

Vdec의 사무실로 들어서며 용호가 소리쳤다.

이미 수도 없이 들락날락거려서인지 용호의 등장에도 낯설어하는 사람은 없었다.

"남의 사무실은 왜 자꾸 찾아오는 거냐."

제프는 여전히 까칠한 반응을 보였다.

용호가 문제를 해결해 주고 나서 프로젝트가 급진전을 보이고 있어서인지 무척 바빠 보였다.

제대로 면도를 하지 못했는지 턱에 뾰족하게 수염이 자라 있었다.

"오늘은 제가 고생하시는 여러분에게 회식이라도 한번 시켜 드리려고 왔습니다."

"너는 우리 회사도 아니면서 무슨 회식이야."

까칠한 제프와는 달리 조너선은 달랐다. 무척 호의적으로 용호를 대했다. 제프가 이렇게 대화라도 한다는 것 자체가 호의가 있다는 증거라는 것을 조너선은 알고 있었다.

마음에 들지 않으면 아예 말조차 섞지 않는다.

"회식 좋죠. 용호 씨가 산다니 오늘은 비싼 걸 먹어야겠는데."

유소현도 반가움 마음에 아는 척을 하려 했지만 용호는 사람들 사이에 둘러싸여 있었다.

비집고 들어갈 틈이 잘 보이지 않았다.

Chapter 8
일신우일신

푸학!

간단하게 맥주 한 잔을 들이켜던 제프가 입에 머금고 있던 노란 액체를 바깥으로 뿜어냈다.

얼굴에는 황당함이 가득했다.

그러나 바로 앞에 앉아 있던 용호는 곤혹스러울 뿐이었다.

제프의 입에서 나온 분비물이 몸 곳곳에 묻어버렸다.

"퉤퉤. 아니, 이게 뭐예요!"

용호는 서둘러 주변에 있던 냅킨을 이용해 몸에 묻은 알코올들을 닦아냈다.

옆에 앉아 있던 유소현도 분주하게 손을 움직였다.

그러나 제프의 관심사는 그런 것이 아니었다.

"방금 뭐라 그랬어, 다시 말해봐."

"뭘 다시 말합니까."

용호는 연신 몸에 묻은 맥주를 털어냈다. 다행히 알코올이라 그런지 다른 냄새는 나지 않았다.

"압축 라이브러리 성능이 얼마가 나왔다고?"

"40% 조금 넘게 나왔다고요. 제프는 50%를 넘기고 있잖아요."

용호가 대수롭지 않게 말했지만 받아들이는 제프의 입장은 그렇지 않았다.

제프가 흥분했는지 말이 점점 빨라졌다.

"40%? 정말 40%를 넘겼어? 거짓말하는 거 아냐?"

"제가 왜 거짓말을 합니까. 덕분에 승진도 하고 연봉도 올려 받게 됐는데. 그래서 제가 지금 회식까지 시켜 드리는 거 아닙니까."

"말도 안 돼. 그럴 리가 없어. 그럴 리가 없는데⋯⋯."

흥분해서 말을 쏟아내던 제프가 이제는 혼잣말을 중얼거렸다.

미친 사람처럼 보였다.

다들 술 한 잔씩 거하게 한 상태였기 때문에 용호는 제프가 취한 것이라 생각했다.

"취했으면 이제 집에 가죠."

"가자."

"그래요, 일어나죠. 집이 어디라 그랬죠?"

"집? 무슨 소리를 하는 거야. 네가 말한 프로그램을 보러 가자고."

"네에?"

"어서 일어나, 가자."

제프의 강권에 자리에서 일어날 수밖에 없었다.

마치 귀신에라도 홀린 듯 서둘렀다.

미친 사람처럼 재촉하는 제프의 손을 용호가 잡았다.

"갈 필요 없어요. 제가 노트북을 항상 가지고 다녀서요."

집에서 일할 일이 생길 수도 있기에 가방에 항상 노트북이 들어가 있었다.

"그럼 우리 회사로 가지."

제프가 용호의 손을 잡고 급하게 회식 장소를 빠져나갔다.

그 바람에 결제할 사람이 사라져 버렸다.

덕분에 조녀선의 얼굴이 울상이 되어버렸다.

그리고 한 명 더, 유소현의 표정 역시 그리 좋아 보이지는 않았다.

회사로 다시 돌아온 제프는 계속해서 용호를 재촉했다.

"어서 봐봐."

"아, 노트북은 켜야 할 거 아닙니까."

아이처럼 치근거리는 제프의 모습에 결국 용호가 짜증을 냈다.

그러나 용호의 짜증은 전혀 제프에게 들어오지 않았다.

제프의 정신은 온통 용호의 소스에 가 있었다.

"빨리."

"다 됐어요."

부팅이 완료된 노트북에 용호가 소스를 띄웠다.

제프는 그대로 자리에 앉아 꼼짝도 하지 않았다.

그렇게 한 시간여가 흘렀다.

아무런 대화도 오고 가지 않았다.

밤늦은 사무실.

고요함만이 가득했다.

용호는 술기운과 새벽이 주는 피곤함에 눌려 깜박 잠이 들었다.

"너 도대체 정체가 뭐야."

퀴퀴한 담배 연기에 섞여 제프의 목소리가 들리는 것 같았다.

선잠에 들어 고개를 꾸벅거리던 용호가 비몽사몽간에 잠에서 깨어났다.

"…다 보셨어요?"

"지금 나를 놀리는 건가?"

"네?"

"왜 지금까지 나한테 알려 달라고 한 거지?"

"무슨 소리를 하시는 거예요?"

"너야말로 네가 지금 어떤 일을 한 건지 사태 파악이 안 되나?"

어지럽던 정신이 또렷해졌다.

몇 잔 마시지 않았던 알코올 기운이 확 달아나는 듯했다.

소스 무단 도용.

생각나는 건 이것. 단 한 가지였다.

생각보다 많은 양의 소스를 베껴, 제프가 화가 난 것이라 여겼다.

더욱이 회사의 상용 서버에 적용까지 한 상황이었다.

변명의 여지가 없었다.

"그, 그게 제프도 소스를 참고해도 된다고 허락을 하셔서 물론 제가 약간 수정한 부분이 있긴 하지만……."

더듬거리며 변명하는 용호를 제프가 뚫어져라 쳐다보았다.

강렬한 눈빛에서 마치 불이 쏟아지는 것 같았다.

아무 말 없이 계속 쳐다만 보고 있었다.

용호는 나름대로 궁색한 변명을 늘어놓았다.

"약간이 아니라… 상당 부분 수정을 했으니까, 이 소스가 꼭 제프만의 것이라고 볼 수만도 없을 것 같기고 하고……."

그러자 제프가 더욱 힘주어 쳐다보았다.

그 눈빛에 움찔한 용호가 기어들어 가는 목소리로 말했다.

"아, 무, 물론 제프가 원저작자이긴 하죠."

"아니. 이건 이제 내 것이 아니다. 내가 듣고 싶은 말은 그런 게 아냐."

"네?"

"어떻게 이렇게까지 최적화를 할 수 있었지? 어떻게 수만 줄의 코드에서 '점' 하나까지 놓치지 않고 볼 수 있는 거냐? 도대체 너는 어떤 형태로 코드를 보길래 이토록… 이토록 한 점의 불필요한 부분도 없는 코드를 완성할 수 있는 거냐."

"……."

버그 창의 도움을 받았던 용호는 아무 말도 하지 못했다.

당당하게 자신이 했다고 말하기에는 양심의 가책이 느껴졌던 것이다.

제프 역시 믿기지 않았지만 믿을 수밖에 없었다.

항상 그랬다.

이 친구를 만나면 도무지 믿을 수 없는 일들이 일어났다.

마치 마법처럼 제프는 상상도 할 수 없는 결과물들을 뚝딱하고 만들어내 왔다.

자신이 직접 설계했기에 잘 알고 있었다.

25퍼센트의 효율.

쿠글의 데이터를 통하지 않고 25퍼센트를 넘어서면 안 된다.

그러나 눈앞에 보이는 결과물은 다른 말을 하고 있었다.

네 손으로는 안 된다.

그러나 용호의 손에 들어가면 현실이 된다.

"너는 도대체 누구지?"

제프가 다시 한 번 물어보았다.

이번에도 용호는 아무 말도 하지 않았다.

그러나 내심 제프는 알고 있었다.

자신보다 뛰어난 자.
단지 아직 인정하지 못할 뿐이었다.

                    *   *   *

　회사에 출근한 나대방이 한껏 섭섭함을 드러내고 있었다.
　어디서 듣고 왔는지 지난밤 사이 일어난 일을 정확하게 알
고 있었다.
　"비트레이어."
　나대방이 용호의 뒤에서 중얼거리자 데이브가 따라 했다.
　"비트레이어."
　"저리 안 가?"
　"비트레이어."
　벌써 30분째 같은 말을 반복했다.
　용호도 더 이상 참지 못하겠는지 자리에서 일어났다.
　"너 일 다 했어?"
　"올려놨습니다. 비트레이어 님."
　"지금 내가 방세도 안 받고 너 먹고 싶다는 거 평소에 다 사
줬잖아. 그런데 뭐가 그렇게 불만이야."
　"다른 회사 회식은 시켜주시고, 왜 같은 팀인 우리는 회식을
안 시켜주시는 겁니까."
　"하아……."
　"비트레이어."

데이브도 옆에서 전염이 되었는지 계속 중얼거렸다.

얼굴에 가득 찬 장난기가 현재의 상황을 알려주고 있었다.

더 이상 장난을 받아주기 힘들었는지 용호가 두 손 두 발 다 들었다는 듯이 항복하며 말했다.

"서비스 안정화만 되면 바로 회식하자. 알았지? 너 원하는 데서 할 테니까. 그만하고 가서 일해."

"형님, 약속한 겁니다?"

"알았다. 알았어."

용호가 체념한 듯 말했다. 회식을 한다는 말에 신이 났는지 데이브와 나대방은 벌써 어디로 갈지 정하고 있었다.

"어디서 못된 것만 배워서는……."

그 둘을 보는 용호가 혀를 찼다.

나대방이 전파한 한국의 술 문화를 가장 빠르게 흡수한 것이 데이브였다.

한번 빠져들기 시작하면 무섭게 몰입하는 성격답게 데이브는 술에 몰입하고 있었다.

"일을 저렇게 하지."

옆에 있던 제시도 같이 혀를 차며 쯧쯧거렸다. 그러나 그 둘에게는 들리지 않는 듯 보였다.

"이번에는 양맥으로 갈까?"

"좋죠!"

일신우일신.

어느새 양맥의 맛까지 알아버린 데이브였다.

데이브와 나대방이 회식에서 무얼 먹을까 고민하고 있는 사이, 몇 달간 준비해 왔던 서비스가 최종 출시만을 남겨두고 있었다.

＊　　　　＊　　　　＊

모든 프로그램이 꼭 거쳐야 하는 관문이 있다.

테스트.

이른바 QA(Quality Assurance)라고 하는 과정을 거쳐야 했다.

용호가 제안한 서비스 역시 마찬가지였다.

'생각보다 양호한데……'

테스트 결과서를 받아 든 용호의 소감이었다.

한국에서 프로젝트를 할 때면 버그가 수도 없이 올라오곤 했다.

워낙 발생되는 버그의 양 자체도 많았을뿐더러 수정하면서 발생하는 버그의 양 역시 만만치 않았다.

A4로 3장.

이 정도 양이면 상당히 양호한 편이라 할 수 있었다.

더구나 대부분의 버그는 루시아의 앱에서 발생하고 있었다.

신입에 다양한 디바이스를 커버해야 한다는 것을 고려한다면 처음보다는 많이 나아진 상태였다.

'처음에는 매일 불러야 했었지.'

개발 초기에는 옆에 앉혀놓다시피 하고 개발을 진행했다.

그러던 것이 하루가 다르게 달라지고 있었던 것이다.

'그래도 아직 버그가 많이 나온단 말이야……'

부족했다.

팀에서 가장 많은 버그를 발생시키고 있는 것이 루시아였다.

물론 팀에 실력자가 많은 탓도 있었다.

그래도 아쉬운 건 어쩔 수 없었다.

'내가 배운 대로 한번 가르쳐 볼까.'

자의 반 타의 반으로 마우스도 쓰지 못한 채 했던 코딩.

바로바로 컴파일이 되며, 어디서 에러가 발생하는지 어떤 함수를 써야 하는지 알려주던 IDE를 쓰지 못한 채 했던 그때의 경험.

그 경험을 전수해 준다면 루시아도 금방 실력이 늘 것 같았다.

"이번에 결과서 도착한 것 봤어요?"

"네……."

기가 죽은 루시아의 목소리가 모기만 해졌다.

결과서의 대부분이 자신의 이름으로 도배되어 있다는 사실을 누구보다 잘 알고 있었다.

"그래서 말인데, 혹시 내가 시키는 대로 해볼 생각 있어요?"

"네?"

"제가 시키는 대로 하면 실력이 늘 것 같아서요. 어때요?"

"하, 할게요. 무조건 할게요."

루시아가 열심히 고개를 주억거렸다.

앞으로 Chief급 프로그래머가 될지도 모를 용호였다.

지금이 아니면 신입인 자신이 말조차 쉽게 섞지 못할 것이다.

"그러면 앞으로 코딩할 때 IDE는 물론이고, 마우스도 쓰지 말도록 해요."

"…네?"

"인터넷도 되도록이면 쓰지 말고. 알았죠?"

"네……."

루시아는 수긍하기 힘들었지만 간신히 대답했다.

그런 루시아의 표정에 서린 불만을 용호도 읽었다.

그러나 일단 해보면 알 것이다.

자신에게도 통했듯이 루시아도 한 단계 발전시켜 줄 것이다.

"…지금 이게 무슨 일이지?"

사무실에 마우스가 보이질 않았다.

데이브나 나대방도 마찬가지였다.

그 보다 더 큰 문제는 IDE창 역시 보이지 않는다는 것이었다.

하나같이 리눅스 CLI(Command Line Interface) 환경에서 코딩을 하고 있었다.

"나대방, 너 지금 뭐 하냐?"

"예?"

"너 지금 뭐 하고 있냐고."

한창 검은색 콘솔 화면을 보며 씨름하는 나대방의 뒤에서 용호가 악귀 같은 표정을 지어 보였다.

표정에 서린 폭력적인 기운을 읽었는지 나대방이 주춤거렸다.

"혀, 형님이 이렇게 하면 실력이 는다고 하지 않았습니까."

"…너 지금 나 엿 먹이려고 그러는 거지?"

"무, 무슨 말씀이세요."

"그렇지 않고서야 당장 내일모레가 서비스 출시일인데 IDE도 없이 콘솔 창에서 빌드하고 버그를 수정한다는 게 말이 된다고 생각해? 그렇게 해서 서비스 출시는 언제 하려고, 이건 내가 Chief급으로 올라가기 배 아파서 하는 반항이라고밖에 생각이 안 되는데?"

"아, 아니 저는 루시아가 형님께서 이렇게 하라고 하셨다고 해서……."

나대방이 주춤거리며 뒤로 물러났다.

의자에 달린 바퀴가 나대방의 무게를 견디기 힘든지 끼긱거리며 비명을 질러댔다.

"루시아랑 너랑 같아?"

흡사 사무실의 모두에게 들으라는 듯 큰 목소리였다.

"루시아는 신입이잖아. 그리고 내가 어느 정도 커버 치고 있고. 지금 이건 나보고 네 똥까지 닦으라는 행동으로밖에 보이지가 않아서 말이야."

커지던 목소리가 다시 잠잠해졌다.

목소리는 잦아들었지만 오히려 더욱 스산한 분위기를 풍겼다.

뒤로 물러서던 나대방의 의자가 벽에 닿았는지 더 이상 움직이질 않았다.

"마우스 꽂고, IDE창 켜고, 랜선 꽂고. 알았어?"

나대방은 미친 듯이 고개를 끄덕일 수밖에 없었다.

사무실에 있던 다른 사람들도 서둘러 다시 IDE창을 켜고, 컴퓨터 본체에 마우스를 꽂았다.

아직 Chief급으로 승진도 하지 않았지만 용호의 영향력이 사무실 전체에 미치고 있었다.

*   *   *

서비스가 출시되고 나면 해당 서비스를 전담해서 집중 모니터링을 하게 된다.

혹시라도 발생할 각종 오류를 초반에 잡아 서비스에 대한 신뢰도를 떨어뜨리지 않기 위함이다.

"현재 몇 건 발생했나?"

"없습니다."

"뭐?"

"그, 그게 저도 이해가 안 가지만 아직 한 건도 올라오지 않았습니다."

모니터링을 담당하는 직원도 이해가 가지 않는다는 듯 연신 고개를 저었다.

난감한 기색이 역력했다.

컴퓨터가 거짓말을 하고 있다고 볼 수는 없었다.

0건.

용호가 출시한 서비스에서 발생한 버그는 지난 일주일간 단 한 건의 오류도 발생시키지 않았다.

"그게 말이 돼? 앱 쪽에서도 올라온 게 없어?"

"네……."

아무리 버그를 잡고, 최적화를 진행해도 인드로이드 앱에서는 에러가 올라오기 마련이다.

하나의 소프트웨어가 다양한 디바이스를 커버해야 하다 보니 당연히 발생할 수밖에 없었다.

그 당연한 일도 발생하지 않았다.

"잘못 본 거 아냐? 비켜 봐."

담당자가 자리를 비키고 상급자로 보이는 남자가 자리를 차지했다.

몇 번이고 리프레시 버튼을 눌러가며 모니터링 화면을 리로딩해 보았다.

그러나 결과는 마찬가지.

Bugs 0.

단 한 건의 버그도 올라오지 않았다.

용호에 대한 직원들의 신뢰는 공고해져만 갔다.

오류는 사용자를 지치게 한다.

단 한 번의 오류만으로도 스마트폰에 설치된 앱은 사용자의 외면을 받아 삭제된다.

이미 그런 과정으로 수많은 앱이 삭제되었다.

개발자들은 밤낮없이 오류를 없애고 사용자들이 자사의 앱을 오랫동안 사용하기를 유도한다.

웹은 그나마 사정이 나은 편이다.

몇 번의 리로딩 정도는 귀찮아하지 않았다.

용호가 주축이 되어 출시한 서비스는 단 한 번도 소비자를 귀찮게 하지 않았다.

그래서일까?

시간이 지날수록 사용자들의 긍정적인 반응이 올라오기 시작했다.

그건 곧 서비스 이용자의 증대를 의미했다.

"이러다 정말 Chief급으로 승진하는 거 아닙니까?"

"그거야 모르지."

"CEO가 직접 약속한 일 아닙니까."

"그러기야 했지만……."

용호도 내심 기대할 만큼 서비스는 순항 중이었다.

특별히 올라오는 버그도 없었기에 사무실은 더욱 평화로웠다.

"그런데 저놈은 왜 자꾸 형님을 야린답니까?"

나대방이 슬쩍 고개를 돌리며 사무실 모서리 한쪽을 바라보았다.

케네스가 앉아 있는 자리였다.

모니터를 보는 척하며 슬쩍슬쩍 용호가 있는 자리를 보고 있는 것이 누가 봐도 의심스러워 보였다.

"그러게 말이다……."

"제가 가서 좋게 말로 할까요?"

케네스가 영 마음에 들지 않는 눈치였다.

그건 용호라고 해서 다르지 않았다.

세미나를 진행할 때부터 앙심을 품고 있다는 것이 느껴졌다.

근래 루시아를 교육한다고 자주 붙어 있었더니 더욱 자신을 바라보는 눈초리가 거세졌다.

"됐어. 곧 퇴사 처리될 거야."

"네?"

"알고 보니 뒤가 아주 구리더라고."

＊　　　　＊　　　　＊

―아이디 또는 비밀번호를 다시 확인하세요.

―등록되지 않은 아이디이거나, 아이디 또는 비밀번호를 잘못 입력하셨습니다.

케네스의 얼굴에 당황한 기색이 역력했다.

아무리 입력해도 사내 계정에 로그인이 되지 않았다.

분명 점심을 먹기 전 똑같은 아이디와 비밀번호로 로그인하였지만 시스템이 먹통인지 갑자기 막혀 버렸다.

케네스는 바로 전산 담당 직원에게 전화를 걸었다.

"지금 제 계정으로 로그인이 안 됩니다."

"계정을 막아달라는 요청이 왔습니다. 그쪽 담당자분과 이야기를 나눠보세요."

케네스는 군이 담당자를 찾아갈 필요도 없었다.

메일 계정이 막혔다는 것이 의미하는 바를 누구보다도 잘 알고 있었다.

망연자실한 채 전화를 끊은 케네스를 누군가 부르고 있었다.

케네스도 익히 얼굴을 알고 있는 HR 매니저였다.

용호도 얼마 전 연봉 협상 때 얼굴을 본 적이 있는 바로 그였다.

At Will.

마음대로 하시오.

미국의 유연한 고용 문화를 대변해 주는 한마디였다.

케네스는 자신이 부당하게 해고 절차를 밟고 있다 생각했다.

서비스는 안정적으로 론칭되었고, 맡은 일을 한 번도 소홀히 한 적이 없었다.

HR 매니저의 말이 귀에 들어올 리가 없었다.

"굳이 듣고 싶다면 이야기해 줄 수 있는데, 듣지 않는 편이 좋을 거라 생각해서 이야기를 하지 않는 거네."

"들어야겠습니다."

HR 매니저가 앞에 놓여 있던 노트북에서 Enter키를 눌렀다.

치지직. 치직.

—입사하고 얼마 되지 않았을 때 갑자기 제 뒤에 서 있었습니다. 왜 그런가 하고 돌아보니 코를 킁킁거리고 있었어요. 너무 놀라서 무슨 짓이냐고 했더니, 고개를 돌리고는 가버리더라고요.

한 여자의 음성이 노트북 스피커를 통해 흘러나왔다. 이윽고 또 다른 여자의 목소리가 들려왔다.

—갑자기 뒤에서 누군가 제 허리에 손을 얹는 겁니다. 너무 놀라 소리를 질렀었죠.

그리고 마지막은 루시아의 목소리였다.

—싫다고 했잖아요.

익숙한 남자의 목소리도 함께 녹음되어 있었다.

—계속 이렇게 나올 거야?

—이만 가보겠습니다.

—가긴 어딜 가!

"더 들어볼 필요도 없을 것 같은데? 회사에서 자네를 고소하지 않는 걸 다행으로 생각하게. 또 모르지. 여기 여자분들이 자네를 고소할지도."

케네스는 부끄러움에 고개도 들지 못했다.

그러고는 그날 바로 짐을 쌀 수밖에 없었다.

짐을 싸서 사무실을 나가는 케네스는 누구에게도 배웅받지 못했다.

이미 회사 내에 그에 관한 소문이 파다하게 퍼진 상태였다.

오히려 싸늘한 눈초리만 받을 뿐이었다.

                    *   *   *

"감사합니다."

용호를 바라보는 루시아의 눈에는 존경의 눈빛이 가득했다. 한때 자신도 저런 눈빛을 했던 적이 있어서인지, 쉽게 알아볼 수 있었다.

"별거 아니었어."

"회사 생활이 한결 편해졌어요."

매일 출근하는 것이 고역이었다.

전신을 훑는 듯한 케네스의 시선은 날이 갈수록 노골적으로 변해갔다.

한 번 까였다고 해서 포기하는 법이 없었다.

용호가 아니었다면 먼저 퇴사를 하는 건 자신이었을 것이다.

"뭐, 잘됐네. 앞으로도 열심히 해."

여러 사건들을 겪으며 루시아와의 사이도 상당히 가까워진 상태였다.

이제는 단둘이 있어도 어색한 기류가 흐르지 않을 정도였다.

"네."

용호가 먼저 자리에서 일어나 앞으로 걸어갔다.

존경의 눈빛을 보내던 루시아는 앞서 걸어가는 용호를 잠시 쳐다보았다.

이제는 존경의 눈빛에 연모의 감정이 살짝 보이는 듯했다.

퍼엉!

루시아와 함께 사무실로 들어서는 용호의 머리 위로 폭죽이 터지고 꽃가루가 떨어져 내렸다.

"뭐, 뭐야. 또! 사무실이 놀이터냐!"

장난을 치고 있다고 생각한 용호가 소리를 질렀다.

그래도 여전히 데이브는 싱글벙글 웃고만 있을 뿐이었다.

그런데 이상한 점이 하나 있었다.

데이브만 서 있는 것이 아니었다. 사무실의 인원들이 대부분 용호를 둘러싸고 있었다.

그중에는 익숙한 얼굴인 HR 매니저도 보였다.

"뭐, 뭡니까?"

"축하드립니다."

"뭘요?"

"사내 최초 클린 코드를 수상하시게 되었습니다!"

용호는 여전히 어리둥절할 뿐이었다.

서비스가 출시되고 단 한 건의 버그도 발생하지 않으면 클린 코드라는 명예가 수여된다.

지금까지 회사가 설립되고 단 한 번도 수상자를 배출한 적이 없었다.

명예만이 아니라 순금으로 만들어진 메달까지 증정된다.

이 주간 버그가 발생하지 않으면 클린 코드.

한 달간 버그가 발생하지 않으면 퍼펙트 코드.

기술과 더불어 안정성을 중시하는 회사 정책 중 하나였다.

현재 용호가 작성한 코드는 이 주 동안 버그가 발생하지 않아 클린 코드를 수상하게 된 것이다.

"그런 게 있어요?"

"네. 저희도 있는지 몰랐는데 회장님이 직접 알려주셨습니다."

HR 매니저가 순금 메달을 손에 든 채 말했다.

회사 내에 분명히 제도로 마련되어 있었다.

그러나 10년간 단 한 명의 수상자도 나오지 않았다.

그렇다 보니 있으나마나 한 제도가 되어버린 것이다.

"벼, 별게 다 있네요."

"이거 받으시죠."

용호의 목에 순금으로 만들어진 메달이 걸렸다.

메달 안에는 0과 1이 서로 교차되어 조각되어 있었다. 메달을 용호의 목에 걸어준 HR 매니저가 은근한 목소리로 속삭였다.

"앞으로 이 주만 더 버그가 없으면 퍼펙트 코드네요. 퍼펙트 코드상은 무엇인지 아세요?"

"모, 모르겠는데요."

"현금 10만 달러입니다."

"……"

"그럼 기대하고 있겠습니다!"

그저 얼떨떨하기만 했다.

'이래도 되나' 싶었다.

끊임없이 기뻐할 만한 일들이 굴러들어 왔다.

"형님, 이제 오 일 남았습니다."

용호보다 나대방이 더 기대하고 있는 눈치였다.

퍼펙트 코드를 수상하는 순간 크게 한턱 얻어먹겠다는 강한 의지가 느껴졌다.

"어째 나보다 네가 더 기다리는 것 같다?"

"형님 일이 곧 제 일 아니겠습니까."

"…제발 그 의도가 순수하길 바란다."

"어허, 저같이 순수한 남자가 어디 있습니까."

"산적같이 생긴 놈이 무슨."

"4일 23시 19분 31초 남았습니다."

나대방은 용호의 말은 듣지도 않은 채 귀를 닫았다.

그러고는 초 단위로 일자를 세기 시작했다.

"4일 23시 19분 30초 남았습니다."

"4일 23시 19분 29초 남았습니다."

"저리 안 가!"

"4일 23시 19분 28초 남았습니다."

"이것도 데이브한테 이상한 걸 배웠구먼."

나대방은 데이브에게 한국의 술 문화를, 데이브는 나대방에게 다른 사람 약 올리는 법을 가르친 것 같았다.

그리고 나대방이 굳이 세지 않아도 시간은 빠르게 흘러갔다.

퍼펙트 코드.

이 세상에 완벽한 코드란 게 있을까?

없다.

버그가 없는 프로그램이란 있어서는 안 된다.

그런 프로그램이 탄생하는 순간 세상의 수많은 프로그래머들이 좌절에 빠질 테니까.

이제 단 20분이 남았다.

퍼펙트 코드가 탄생하기까지.

"일이 너무 커진 거 아닌가요?"

"기술의 가치는 그 순간 바로 매출로 나타나지 않을 수도 있습니다. 이미 우리는 경험을 통해 알고 있어요. 그러나 위대한 기술은 결국에 장인들의 손에 깎여 빛을 발하기 마련이지요.
그러니 너무 부담 가질 것 없습니다."

옆에 앉아 있는 CEO의 말이 오히려 부담스러웠다.

서비스는 정착 중이었지만 엄청난 성과를 내고 있는 건 아니
었다.

사용자가 미칠 듯이 증가하는 것도 아니었고, 매출이 가파르
게 상승하고 있지도 않았다.

그럼에도 불구하고 대강당에 회사 내 기술 인력들이 속속들
이 집합하고 있었다.

얼마 전 용호가 세미나를 진행했던 스크린에 전광판이 설치
되어 있었다.

카운트다운을 하는 것이 주목적이었다.

18분 12초.

13분 8초.

......

3.

2.

1.

마지막 3, 2, 1은 강당에 모인 전 임직원이 함께 외쳤다.

개발자들은 좌절에 빠지는 것이 아니라, 새롭게 탄생한 천재
에 열광했다.

그들의 외침이 오롯이 용호를 향했다.

한 달 동안 단 한 건의 버그도 발생하지 않은 서비스가 탄생한 날이었다.

서비스의 매출 따위는 전혀 상관이 없었다.

"이제 더 이상 고민하지 않아도 될 것 같군요. 내일부터 Chief급으로 승진될 테니 앞으로도 잘 부탁합니다."

용호의 두 손을 맞잡은 CEO의 손은 무척 단단했다.

쉽게 뿌리칠 수 없을 만큼.

*   *   *

최연소, 최단기간 Chief Software Architect.

어설프게 떠돌던 소문이 정말 현실이 되었다.

한 달 동안 단 한 건의 버그도 보고되지 않았다.

용호가 출시한 서비스는 회사 내 퍼펙트 코드에 선정되었고, 서비스의 성과에 관계없이, 개발했던 압축 모듈에 관계없이 바로 승진이 결정되었다.

1년 내 두 번의 승진.

더구나 동양인 최초의 Chief급 엔지니어.

아무리 미국 실리콘밸리라지만 상당한 파격 인사였다.

파격적인 인사는 파격적인 연봉도 함께였다.

일 년에 한 번 연봉 인상 시즌에만 월급이 올라가는 한국과는 달랐다.

직급이 인상되는 순간 연봉은 바로 조정되었다.

"괜찮네요."

인상된 연봉 제시안을 본 용호는 기쁜 표정을 감추기 힘들었다. 애써 괜찮다는 말로 태연한 척하고 있었지만 자꾸만 한쪽 볼이 씰룩거렸다.

"다음 달 월급부터 적용될 겁니다."

"네."

연봉 재조정 사인을 마치고 나오자마자 마주한 건 지겹도록 용호를 괴롭혀 온 무리였다.

"드디어 오늘입니까?"

"그래, 가자, 가!"

"가자십니다!"

나대방이 소리쳤고 사람들이 호응했다.

미국에 한국의 문화를 열심히 설파한 덕분일까?

어느새 동화된 몇몇 사람들도 나대방의 외침에 함께 소리쳤다.

위스키.

맥주.

위스키 플러스 맥주.

무한 반복.

그리고 끊겨 버린 기억.

일어나 보니 토요일 오후 1시였다.

어지러운 머리를 부여잡고 거실로 내려가니 생각도 못한 인물이 방문해 있었다.

데이브 역시 어젯밤의 과음으로 방에서 나오지 못하고 있었다.

나대방만이 해장을 하겠다며 정체 모를 죽을 끓이는 중이었다.

"어, 마침 내려오네요."

제프와 눈이 마주친 용호가 가볍게 고개를 숙였다. 제프의 옆에 처음 보는 남자가 한 명 앉아 있었다.

거실로 다 내려온 용호가 제프를 보며 물었다.

"그런데 이 시간에 여기는 어쩐 일이세요?"

용호는 의아함을 감출 수 없었다. 평소 전화도 먼저 없는 사람이었다.

근래 조금씩 바뀌기는 했지만 이렇게 집으로 찾아온다는 건 이례적인 일이었다.

"당연히 이야기할 게 있어서 왔다. 잠깐 나가지."

"네?"

"여기 이분과 같이 할 말이 있으니까 잠시 나가자."

제프는 나가지 않으면 강제라도 끌고 나가겠다는 듯 용호를 재촉했다.

"요즘 들어서 계속 조급해하는 거 아세요?"

"…다 너 때문이다."

"…네?"

용호는 자신의 귀를 의심했다. 그러나 잘못 들은 게 아니었
다.

제프의 다음 말이 쐐기를 박았다.

"다 너 때문이라고, 그러니까 어서 옷 입고 나와."

상쾌한 바깥공기를 마시니 뜨겁게 달아올라 있던 머리가 식
혀졌다.

몇 차례 고개를 돌리며 정신을 일깨우는 용호에게 처음 보
는 남자가 인사를 청해왔다.

"쿠글의 투자 담당자입니다."

"아, 네……."

내민 손을 거절할 수 없어 받아주었다. 악수를 하며 용호가
제프를 쳐다보았다.

설명이 필요하는 뜻이었다.

"우리 회사 투자 담당하시는 분이다. 내가 함께 만나야 된다
고 했어. 전에 말했었지. 우리 회사 오라고."

"……."

"조건 말해봐. 무슨 수를 써서라도 널 잡고 싶으니까."

제프가 말에서 강한 의지가 느껴졌다. 머릿속에 CEO와 했
던 악수가 떠올랐다.

그 손도 무척이나 단단했었다.

"잠시만요."

투자 담당자라고 자신을 밝힌 남자가 제프의 말을 막고 나섰다.

"저, 저희는 아직 허락한다는 말은 하지 않았는데요. 간단하게 이야기를 먼저 나눠보고 일을 진행했으면 합니다."

"아, 정말… 검증할 필요 없다니까… 쯧."

제프는 마음에 들지 않는 눈치였지만 일단 한 발 뒤로 물러났다.

어찌 되었든 회사의 돈줄을 쥐고 있는 사람이었다.

"혹시 용호 씨가 만들었다는 압축 라이브러리 먼저 볼 수 있을까요?"

"그건 집에 있는데."

급하게 나오느라 아무것도 챙긴 것이 없었다.

그리고 뭔가 자신을 시험한다는 것에 순간적으로 거부감이 들었다. 지금 다니는 회사도 쿠글만큼은 아니지만 인터넷 쇼핑계의 1, 2위를 넘보고 있는 회사였다.

더구나 Chief급 개발자.

예전 같았으면 시험을 봐달라고 했겠지만 이제는 아니다.

스스로를 을(乙)로 생각하고 싶은 마음이 없다.

"아, 그러면 저희 쪽에서 간단하게 문제를 하나 가져왔는데 풀어봐 줄 수 있을까요?"

투자 담당자는 계속해서 검증을 하고 싶어 했다.

투자 담당자라면서 자신에 대한 사전 조사를 하지 않은 것 같았다.

용호는 잔뜩 찡그린 제프의 표정을 보고 깨달았다.

'제프가 재촉했구나……'

투자 담당자는 용호가 이미 제프 쪽으로 넘어오기로 결정된 것이라 생각하는 듯했다. 그러니 저렇게 물색없이 검증, 검증 떠들어대는 것이리라.

그러나 용호의 생각은 달랐다.

"제가 왜요?"

"네?"

멍해진 투자 담당자를 외면한 채 용호는 제프를 바라보았다.

"제프, 지금까지 저를 가르쳐 주신 것들 무척 감사하게 생각하고 있어요. 앞으로 그럴 일은 없겠지만 제프가 저에게 물어볼 게 있다면 성심성의껏 말씀드릴게요. 그런데 이건 좀 아닌 것 같습니다. 주말에 갑자기 찾아와서 시험을 보다니요? 그리고 어제부로 회사의 Chief급 엔지니어로 승진했습니다. Chief급 엔지니어가 어디서 시험 보고 다닌다는 소문이라도 돌면 좀 그렇잖아요."

"……"

제프를 향해 말했지만 투자 담당자의 표정이 난처하게 변했다. 제프가 서둘러 용호에게 양해를 구했다.

"누누이 말했지만 나는 너를 시험하지 않는다. 몇 번이나 말했듯이 최대한 조건을 맞춰줄 테니 같이 일하자. 내가 찾아온 건 그것 때문이다."

"그러면 조건을 말씀하셔야 하는 거 아닌가요?"

용호는 내친김에 조금 더 강하게 밀어붙여 봤다.

"여기."

제프가 한 장의 서류를 꺼내 들었다.

둘의 대화에서 어느새 투자 담당자는 배제되어 있었다.

누구나 최고의 실력자라 꼽길 주저하지 않는 제프가 간청하는 듯한 모양새가 취해지고 있었다.

탁자 위에 놓인 종이를 용호가 뚫어져라 쳐다보았다.

눈에 들어오는 조건은 한 가지였다.

스톡옵션 3%

현재 가치로 보면 약 3천만 원 정도의 가치를 지니고 있었다.

신주를 발행하여 교부하는 방식으로 2년 뒤부터 처분이 가능했다.

"지금은 3천만 원이지만 앞으로 3억, 30억이 되는 건 시간문제지. 너도 내 실력을 알 테고, 나도 이제는 너를 인정한다."

연봉은 Chief급으로 승진 전의 금액과 큰 차이가 없었다.

중요한 건 옵션.

스톡옵션의 조건이 구미가 당겼다.

제프도 말했듯이 용호는 누구보다 제프의 실력을 알고 있었다.

그가 가진 기술력은 절대 평범한 것이 아니었다.

"생각할 시간을 주세요."

"일주일. 그 안에 결론을 내려줘."

"네."

계약서를 품에 넣은 용호가 먼저 자리에서 일어났다.

뒤에서 제프의 까칠한 한마디가 들려왔다.

"이럴 거면 투자받지 않겠습니다. 그쪽 아니어도 투자자는 많으니까요."

항상 조용하게 말하는 제프의 목소리가 이번만큼은 크게 들려 왔다.

마치 들으라는 듯 크게 들렸다.

집으로 돌아가니 데이브와 나대방이 식탁에 둘러앉아 정체 모를 시뻘건 국물을 후후 불어가며 마시고 있었다.

숟가락이 너무 빨리 움직이고 있었기에 먹고 있다기보다는 마시고 있다는 표현이 정확했다.

"형님, 숙취 해소 특제 레시피로 만든 겁니다. 와서 한 숟가락 하세요."

나대방이 손짓하며 용호를 불렀다.

비트레이어.

얼마 전 자신을 놀리며 했던 말.

제프의 제안을 이야기하면 정말 배신자가 될 수도 있었다.

나대방이야 자신이 데리고 가서 책임지면 된다지만 데이브가 문제였다.

데이브 덕분에 이역만리 타국, 미국 생활을 시작할 수 있었고 적응할 수 있었다. 아무리 사회인으로서 냉정하게 생각해도 용호의 성공적인 미국 입성에는 데이브의 공이 컸다.

그렇기에 지금의 회사를 떠나게 된다고 했을 때 데이브는 용호의 가장 큰 마음의 짐이었다.

"이쪽으로 와서 앉아봐. 할 얘기가 있으니까."

용호의 진지한 분위기를 둘 다 읽은 듯했다.

둘 모두 손에 들고 있던 숟가락을 조용히 식탁 위에 내려놓고 거실의 소파에 자리를 잡았다.

탁!

한 장의 종이가 탁자 위로 올라왔다.

용호는 탁자 위에 제프에게서 받은 계약서를 내려놓고 말했다.

"제안을 하나 받았어."

"……"

"제프 던이라고 하는 사람인데 같이 일하자더라. 이게 그 계약서고 아직 사인은 안 했어."

"오, 역시 형님! 잘됐네요."

"뭐, 지금 회사에도 불만은 없지만 그쪽 조건이 괜찮아서 고민 중이야."

"제프?"

"그래, 데이브. 너도 아는 그 사람이야."

데이브에게서 평소의 장난기 어린 표정은 찾아 볼 수 없었다. 그렇다고 그렇게 심각해지지도 않았다.

"그래서 네 생각은 어떤데?"

"보다시피 조건이 그리 나쁘지가 않아. 스톡옵션을 받아서 내가 열심히 일하면 일한 만큼 가져갈 수 있다는 게 가장 끌리는 점이지. 또 제프라면 내가 받은 도움도 많고, 앞으로 함께 일하면 좋을 것 같아."

용호의 생각은 긍정적이었다. 지금껏 제프에게 받은 도움이 한두 가지가 아니었다.

더구나 제프의 실력.

제프에게 아직 배울 것이 있다고 확신했다.

용호는 어차피 언젠가는 한국으로 돌아가야 했다.

돈을 버는 것도 중요했지만 실력을 키우는 것도 그에 못지않게 중요하다.

이제 일정 수준 이상으로는 올라왔다.

그러나 용호는 더 높은 하늘을 보고 싶었다.

"제프, 제프. 그의 실력이야 충분히 알고 있지."

데이브의 반응에 용호가 조심스럽게 이야기를 꺼내 들었다.

"내 생각에는 너도 같이 갔으면 하는데… 어때?"

"제시나 제임스는?"

데이브는 또 다른 이름들을 꺼내 들었다.

그만큼 중요한 사람들이라는 뜻이다.

"물론이지."

용호도 찬성이었다.

아마 이야기를 해봐야 알겠지만 제프도 거부할 것 같지 않았다.

프로그래머는 많지만 실력 있는 사람은 언제나 부족했다.

제시, 제임스 하나같이 어디든 갈 수 있는 실력을 갖추고 있는 사람들이다.

"……."

"그쪽에서 일주일 안으로 답을 달라고 했어."

"너는 이미 결정했어?"

"데이브, 어차피 나는 미국에서 평생 살 수가 없어. 언젠가는 부모님이 계신 한국으로 돌아가야 해. 그리고 그전까지 최대한 많은 것들을 경험하고 경제적으로도 성과를 거두어야 해. 회사의 Chief 자리도 충분히 탐이 나지만… 그곳에 안주할 수는 없어."

"그래, 누구에게나 각자의 사정은 있으니까. 회사를 옮기는 것이 잘못된 일도 아니고 말이야."

"데이브, 너도 같이하면 좋겠다."

"그래요, 데이브 형님. 형님도 같이 가요."

나대방의 말도 데이브에게는 들리지 않는 것 같았다.

데이브는 알았다는 말만을 남긴 채 방으로 올라갔다.

책상 위에 놓인 한 장의 사진.

데이브는 사진에서 눈을 떼지 못했다.

'재밌었는데……'

사진 속의 제프는 지금과 크게 차이나 보이지 않았다. 단지 배경이 학생 시절임을 알려주고 있었다.

'제프, 제프 선배……'

사진 속에는 세 명의 남자와 한 명의 여자가 환하게 웃고 있었다.

남자는 데이브를 포함해서 제임스와 제프였고 단 한 명의 여자가 제시였다.

'용호는……'

용호는 끊임없이 나아가고 있었다.

그러나 자신은 여전히 이 회사에 안주하여 루틴이 정해진 생활을 반복하고 있었다.

실력이 있었기에 회사에서 잘릴 걱정은 없었다.

단지 정체되어 있는 듯한 느낌만이 들 뿐이다.

자신이 용호에게 집착하는 이유도 그 때문일 수 있었다.

호기심이라면 남 못지않았다.

신기하게도 용호는 계속해서 데이브가 궁금해할 만한 거리를 던져주었다.

안주하던 생활에 변화가 찾아온 것이다.

'제임스야 내가 가면 당연히 갈 테고.'

제임스는 자신과 한 몸이나 마찬가지였다.

미국에서 가장 비참한 도시 디트로이트.

살인율이 10만 명당 48.2명으로, 세계 최악 수준의 치안을 자랑하는 남아공의 1.5배 수준.

미국이라는 초강대국 이면에 감춰진 범죄의 도시에서부터 서로 의지해 온 사이였다.

피는 나누지 않았지만 목숨을 나누었다.

'제시는……'

제시는 데이브도 예측하기가 힘들었다.

그러나 함께 가고 싶었다.

침대에 누워 사진을 보던 데이브가 이내 자리에서 일어났다.

'그래, 어차피 질질 끌 일이 아니야. 제프의 회사로 가게 되면… 그전에 결말이 필요해.'

자리에서 일어난 데이브가 미친 사람처럼 거실로 내려갔다.

거실에서 용호가 나대방이 만들어둔 숙취 해소 국물을 허겁지겁 마시고 있었다.

*　　　　　*　　　　　*

장문의 편지.

그리고 지금까지 추억이 담긴 사진들이 집 안 곳곳에 배치되었다.

장미꽃 100송이가 데이브의 손에 들려 있었고, 바닥에 깔린 초들이 점차 하트 모양을 갖춰 가고 있었다.

모두 용호와 나대방의 도움이 있었기에 가능한 일이었다.

"이렇게 갑자기 해도 돼?"

"…갑자기가 아냐. 오래전부터 생각하고 있었어. 더구나 제프의 회사에 간다면, 그전에 끝내야 돼."

"뭐, 네가 알아서 잘 하겠지."

남녀 사이의 관계는 당사자들밖에 모르는 법.

용호는 굳이 자신이 끼어들 일이 아니라 생각했다.

띵동.

쾅! 쾅! 쾅!

그새를 참지 못했는지 제시가 문을 두드렸다.

"데이브, 문 열어."

"알았어."

이미 용호와 나대방은 자리를 비켜준 뒤였다. 집 안에는 아무도 없었다.

어둠이 내린 저녁. 방안을 밝히고 있는 건 전등 빛이 아닌 수백 개의 촛불이었다.

"뭐, 뭐야."

졸업식 때도 보지 못한 정장 차림을 한 데이브가 무릎을 꿇고 제시에게 장미꽃을 내밀었다.

"받아줘."

제시는 엉겁결에 데이브가 내미는 장미꽃을 받아 들었다. 자리에서 일어난 데이브가 살포시 제시의 손을 잡았다.

촛불의 빛에 반사된 제시의 볼이 발그스레해졌다.

제시의 손을 잡은 데이브가 두 줄로 만들어진 촛불의 길을 따라 이동했다.

"뭐, 뭐야, 너 왜 그래."

제시는 평소 하지 않던 행동을 하는 데이브가 당황스러웠다.

그저 데이브가 이끄는 대로 움직였다.

평소라면 손을 뿌리치고 무슨 짓이냐며 등짝 스매싱이 날아 갔을 일이었다.

이미 분위기에 압도당한 제시가 할 수 있는 건 아무것도 없었다.

"……."

데이브는 제시의 손을 잡은 채 조용히 걸어가기만 했다.

그리 넓지 않은 집이었기에 목적지에 빠르게 도착했다.

촛불로 만들어진 하트.

그 주변에는 지금까지 제시와 함께 찍은 사진들이 전시되어 있었다.

"이건 대학교 1학년 때 우리가 처음 사진을 찍었을 때."

데이브는 사진 하나하나를 소중히 대했다.

그런 데이브의 행동에 제시는 조용히 듣고만 있었다.

"다 같이 놀이공원으로 놀러 가놓고, 나는 너무 무서워서 하나도 타지 못했었지."

데이브도 사진을 살펴보며 추억에 잠기는 것 같았다.

그 순간에도 제시의 손을 놓지 않았다.

시간이 지날수록 오히려 힘주어 손을 잡았다.

"우리 부모님이 돌아가셨을 때……."

말을 하는 데이브의 목소리가 처음으로 떨리기 시작했다.

"그때 결심했어."

여전히 제시는 아무 말도 하지 못했다.

그다음에 어떤 말이 나올지도 예상하지 못했다.

한 손에 장미꽃을 든 채 데이브를 바라보고 있을 뿐이었다.

"나한테는 너밖에 없다고, 내가 너무 늦었지?"

제시가 마른침을 삼키며 커다란 눈을 연신 깜박였다.

한 번씩 눈을 깜박일 때마다 투명한 액체가 차오르기 시작했다.

데이브가 주머니에서 주섬주섬 검은색 조그만 상자 하나를 꺼내 들었다.

그러고는 조심스럽게 열었다.

안에는 금색의 빛바랜 반지 하나가 꽂혀 있었다.

"엄마가 돌아가실 때, 꼭 너에게 전해주라고 당부하셨어."

왈칵.

데이브의 고백에 제시는 믿기지 않는 듯 멍하니 서 있었다.

그저 지금까지의 기다림이 가득 찬 물방울들을 흘려보낼 뿐이었다.

같은 시각.

집을 나온 둘은 딱히 갈 데가 없어 근처 호텔의 커피숍으로 들어갔다.

여차하면 하룻밤, 잠을 청하기 위해서이기도 했다.

나대방은 이런 날 술을 먹자고 했지만, 용호는 알코올 냄새도 맡고 싶지 않았다.

　"형님은 언제 결혼하려고 그러십니까?"

　"나도… 하긴 해야지."

　"보니까 요즘 인기가 많은 것 같던데, 의지만 있으면 되는 거 아닙니까?"

　나대방이 음흉한 미소를 지어 보였다.

　"어디서 헛소리만 배워서는."

　"형님도 다 아시면서 자꾸 딴청 부립니까. 남자가 그러는 거 아닙니다."

　"…몰라, 모르겠다."

　"다 알면서 모르기는 뭘 자꾸 모르겠다고."

　"어서 노트북이나 꺼내시지?"

　"…진짜 형님을 제가 참 좋아하는데, 참… 좋아합니다."

　입술을 꽉 깨물며 말하는 것이 내용과는 의미를 담고 있는 것 같았다.

　용호는 그런 나대방의 말은 신경 쓰지 않은 채 집에서 들고 나온 노트북의 전원을 켰다.

　"말했지. 검증받는 사람이 아니라 검증하는 사람이 돼야 한다고."

　"그게 뭐 쉬운 일입니까……."

　나대방이 볼멘소리를 내뱉었다.

　"쉬운 일만 할 거면 미국에는 왜 왔냐?"

"……."

그 한마디로 나대방은 조용히 입을 다물 수밖에 없었다.

*   *   *

용호가 나대방을 데리고 하는 것은 탑 코드 사이트에서 명성 올리기였다.

검증을 받지 않아도 되는 사람이 되기 위해서는 다양한 방법이 있었다.

오픈 소스를 만들어 이름을 날리거나, 각종 대회에 수상하거나 스택 오버 플라이 같은 사이트에서 꾸준히 활동하거나.

탑 코드 사이트에서 최고 실력자가 되거나.

이미 간단한 오픈 소스를 만들어 올려보았고 대회에서도 우승해 보았다.

그러나 아직 탑 코드에는 이름을 올려보지 못했다.

그것이 용호의 도전 욕구를 자극한 것이다.

"레드 코더 정도면 그런 말을 못하겠지."

최종 목표는 레드 코더였다.

red.

yellow.

blue.

green.

grey.

총 다섯 가지의 등급으로 나뉘어진다.

grey등급은 돼야 랭킹이 메겨지는데 사이트에 접속해 보면 5,000명까지만 랭킹이 메겨져 있었다.

그중 레드 코더는 300명, 채 6%도 되지 않았다.

'한국이 11위네.'

코더별 등급은 곧 해당 코더가 속한 나라의 등급이 된다.

사이트 내에서 한국은 11위를 하고 있었다.

1위가 중국, 2위가 러시아, 3위가 미국, 4위가 일본이었다.

'당연히 1위로 만들어야지.'

탑 코드를 사용하고 있는 각 나라별 사람들의 점수를 합친 후 내부 평균을 내기 때문에 점수가 높은 사람이 많을수록 좋았다.

용호가 나대방을 끌고 온 또 다른 이유이기도 했다.

'외국에 나가면 누구나 애국자라더니.'

아직 외국 생활을 오래 하지는 않았지만 조금씩 한국 생각이 나곤 했다.

그리고 어디 가서 한국인이라고 밝혔을 때 최소한의 인정을 받고 싶었다.

미국인이라는 것을 밝히면 '오, 미국' 이런 느낌처럼 한국인임을 밝혔을 때도 그랬으면 하는 마음이 절로 들었다.

"오늘 안으로 최소한 blue 못 찍으면 집에 못 들어갈 줄 알아."

"아, 형님!"

"어차피 오늘 집에 못 들어간다는 거 너도 알잖아?"

나대방이 딴생각을 하는지 갑자기 얼굴을 붉혔다.

"혀, 형님. 무, 무슨 말을……."

"그러니까 잘해. 1등 하면 더 좋고."

"……."

"어서 시작해."

마치 게임처럼 방에 접속하여 문제를 풀고 점수를 획득하는 방식이다.

1등을 하면 가장 고득점이 주어지고 다른 사람의 코드에서 버그를 발견하면 추가 점수가 주어진다.

그렇게 얻은 점수를 합산하여 등급이 매겨진다.

현재 1등 점수가 3758점, 중국 사람이 차지하고 있었다.

문제 길이만 50줄 정도가 되었다.

간략한 예시로 입력값과 출력값이 나와 있었다.

1과 2를 넣으면 3이 나온다.

이 정도의 예를 들고 있는 것이다.

사용자가 구해야 하는 건 3이 나오게 되는 과정이었다.

'이것도 확률 문제네.'

회사에서 집으로 퇴근하는 데 걸리는 시간을 구하는 문제였다. 제약 조건은 범죄가 발생하여 각각의 길목마다 검문소가 설치되어 검문을 받아야 했다.

P%로 검문이 지연될 확률이 존재했다. 그리고 그만큼의 시간이 더 걸리는 것이다.

검문은 통과될 때까지 진행한다.

'각각의 길을 x라고 하고 검문소를 y, 이때 거리에서 소비되는 시간과 검문소에서 소비되는 시간을 더해야 하고, 거기에 지연 시간까지 더해야 한다는 말이지.'

용호가 문제를 수식으로 정리해 나갔다.

이제는 수식을 씀에 있어서 막힘이 없었다. 익숙하게 x, y, p 등과 같은 문자들과 수학기호들을 이용했다.

그렇게 문제를 풀고 있으니 모든 근심, 걱정들이 사라지며 오롯이 문제에만 집중할 수 있었다.

데이브의 결혼.

앞으로 하게 될 이직에 대한 걱정.

그리고 한국에 계신 부모님의 안위 등등 용호 역시 생각이 복잡했다.

이렇게 문제를 푸는 동안에는 잠시나마 그런 근심, 걱정들을 모두 잊을 수 있었다.

'지연 시간이 계속 늘어날 수도 있구나.'

검문은 통과될 때까지 계속되기에 지연 시간은 무한정 늘날 수 있었다.

용호는 하나씩 문제가 가진 뜻을 알아가며 집중했다.

그러기를 20여 분.

문제를 다 풀었다고 생각한 용호가 제출 버튼을 클릭했다.

아직 용호가 속한 방에서 문제를 다 푼 사람은 없었다.

1등.

1등으로 문제를 풀어 제출한 것이다.

'이 정도면 Chief급이 될 만한 건가.'

용호는 Chief라는 말에 큰 의미를 두고 있었다.

회사에서 프로그래머가 올라갈 수 있는 정점이 Chief급 엔지니어였다.

그것도 불과 1년 만에 그런 자리를 자신이 차지한 것이다.

스스로가 대견스럽고 자랑스러웠다.

자신감이 충만하다 못해 흘러넘쳤다.

그러한 결과로 쿠글에서 나온 사람의 검증도 가뿐히 무시한 것이다.

잠시 감상에 젖어 있던 용호가 고개를 돌려 옆을 보았다.

나대방이 아직 문제를 풀지 못했는지 '끙끙'거리고 있었다.

"야, 언제까지 풀 거야."

용호의 말이 들리지 않는지 고개조차 돌리지 않았다.

"지금 무시하냐?"

"형님이 이상한 거라고요. 도와줄 거 아니면 말 걸지 마세요."

도와줄 생각이 없었던 용호가 자신의 노트북으로 시선을 돌렸다.

제출된 코드에 대한 결과가 마침 완료되어 있었다.

Success : true

Status : 0

Execution time(ms) : 0

Peak memory used(kb) : 5713

Total Score : 10

별다른 버그는 없었고 실행 시간은 0초였다.

코드가 실행되며 사용했던 메모리는 5kb가량 된다는 말이었다. 그리고 마지막 Total Score.

'만 점이네.'

해당 문제마다 문제를 풀었을 때 받을 수 있는 최고점이 있었다.

용호가 푼 문제는 10점이 만점이었다.

가장 최고 난이도를 자랑하는 문제가 50점짜리였다.

'랭킹이 한 달마다 리셋된다고 했지.'

점수는 월마다, 그리고 1년마다 집계되어 사이트에 공지된다.

용호가 확인한 점수는 이번 달에 집계된 통계였다.

'어디 한번 해보자.'

어차피 주말.

그리고 집에는 들어갈 수 없었다.

용호는 나대방을 데리고 다음 날 아침까지 죽치고 앉아 있었다.

*　　　　*　　　　*

"너희 얼굴이 왜 그래?"

다음 날 집으로 돌아온 둘을 반긴 것은 다름 아닌 제시였
다.

활짝 핀 얼굴이 현재의 기분을 말해주고 있었다.

"사, 살려주세요. 형님이… 형님이……."

"왜 그래, 무슨 일인데?"

뒤에서 쫓아 들어온 용호가 한마디 툭 던졌다.

"밤새 코딩시켰더니 저러네."

"무서운 놈."

식탁에 앉아 수프를 먹고 있던 데이브도 한마디 했다. 가만
히 보고 있자니 제시가 만든 것 같았다.

앞치마를 걸친 채 냄비에서 수프를 젓고 있었다.

"너희들도 와서 한 입 먹어봐."

"그래, 먹어봐. 맛이 아주… 끝내줘."

용호도 밤을 새우고 왔기에 데이브의 말에 담긴 중의적인 의
미를 파악하지 못했다.

나대방은 그 말을 듣지도 않은 채 식탁에 앉아 수저를 들었
다.

"자, 여기."

보기에는 그럴듯한 옥수수 수프가 식탁 위로 올라왔다.

크억.

용호와 나대방이 동시에 식도로 넘기지 못한 수프를 다시 그릇으로 쏟아냈다.

그러고는 존경심 어린 눈빛과 연민의 정이 적절히 섞인 눈빛으로 데이브를 바라보았다.

'너 어떡하냐.'

'나도 걱정이다…….'

세 남자의 눈빛 교환을 읽지 못했는지 제시가 수프를 한 그릇 더 내왔다.

그러고는 천진난만한 미소를 지으며 말했다.

"더 먹을 사람?"

이미 용호와 나대방은 잠을 잔다는 핑계를 대며 위층으로 사라졌다.

"내, 내가 먹을게."

유일하게 자리에 남아 있던 데이브가 손을 들 수밖에 없었다.

*　　　　*　　　　*

결심이 서자 행동은 빨랐다.

그것이 회사를 위하는 길이자 스스로를 위하는 길이다.

보고를 받은 HR 매니저가 호들갑스럽게 용호를 찾아왔다.

"아니, Chief로 승진까지 시켜줬는데, 이렇게 가시면 어떡합니까!"

"그게 회사나 저를 위한 길인 것 같습니다. 어차피 미국 시민권을 받아 이곳에서 살 생각이 없기 때문에 제가 오랫동안 회사에 다닐 수도 없는 상황이었습니다."

"하아⋯⋯."

HR 매니저가 긴 한숨을 토해냈다.

한두 명의 인재가 거대 시스템을 좌지우지할 수 있는 것이 소프트웨어다.

그렇다 보니 회사들 간의 인재 확보는 전쟁통을 방불케 했다.

더구나 실리콘밸리는 코드 16600이라는 법에 의해 경업 금지 조항이 전혀 효력을 발휘하지 못하는 곳.

서로 경쟁사의 인재를 빼내는 것에 혈안이 되어 있었다.

"혹시 경쟁사로 가시는 건 아니죠?"

유명 인터넷 쇼핑몰 회사가 이곳만 있는 것이 아니었다. HR 매니저의 걱정은 당연한 것이었다.

경쟁사들끼리 인재를 빼오고 빼앗기기에 이른바 '신사협정'이라는 것을 맺기까지 했다.

서로 간의 인재를 빼내지 않겠다는 일종의 '약속'으로 어떤 법적 효력을 가진 것은 아니었다.

"아닙니다. 조그만 스타트 업으로 옮기는 겁니다."

"뭐, 이미 결심한 것 같은데 잡을 수도 없고⋯⋯."

HR 매니저는 이미 체념한 듯 보였다.

실리콘밸리는 스타트 업의 천국이다.

인턴 생활을 하던 사람이 다음 날 CEO가 되어 나타나기도 한다.

스타트 업에서 규모가 있는 기업으로, 대기업에서 스타트 업으로 이동하는 것은 흔해 빠진 일이다.

"인수인계는 확실하게 해놓겠습니다."

"네."

HR 매니저는 질질 끌며 잡지도 않고 깔끔하게 보내주었다. 한국처럼 몇 개월간 인수인계를 하라는 말 따위도 없었다.

해고가 자유로운 만큼 이직을 원하는 개인의 의사도 존중받고 있었다.

용호의 이직이 시발점이 되었다.

줄줄이 사탕처럼 데이브, 제임스, 제시가 퇴사 의사를 밝혀왔다.

나대방이야 어차피 용호가 데려온 사람이었기에 퇴사가 당연하다고 생각하고 있었다.

그러나 데이브 무리는 회사에서도 예상치 못했다.

예상치 못한 일이 벌어졌지만 어떤 불이익도 없었다.

절차에 따라 퇴사는 진행되었다.

사내 계정은 폐쇄되고 소스에 대한 접근 역시 금지되었다.

그러나 회사 내에서 퍼지는 소문만큼은 막지 못했다.

어디서 듣고 온 건지 루시아가 용호를 찾아왔다.

"퇴사하신다고요?"

"네, 뭐."

"어디로 가세요?"

"Vdec이라고 스타트 업 회사예요."

"혹시 저도 자리가 있을까요?"

"네?"

우물쭈물거리던 루시아가 용기가 난 듯 다시 한 번 말했다.

"저도 혹시 그쪽으로 이직할 수 있을까 해서요."

난감한 표정을 짓는 용호를 본 루시아는 이내 알겠다는 듯 입술을 꽉 깨물었다.

"신입이 가기는 힘들겠죠. 저는 그렇게 실력이 뛰어난 것도 아니고……."

"그런 의미는 아닌데……."

"나중에 꼭 찾아주세요. 여기서 실력을 키울 테니까."

용호가 조용히 고개를 끄덕였다. 자신이 사장도 아닌 회사, 데이브와 같은 실력자도 아닌 사람을 함부로 채용해라 마라 할 수도 없었다.

용호가 고개를 끄덕이는 것만으로도 만족했는지 루시아가 미소를 지으며 자리를 떠나갔다.

*　　　　　*　　　　　*

뜻하지 않게 일주일 정도의 휴가가 생겼다.

퇴사와 이직, 그 사이에 공백이 생긴 것이다.

데이브가 선택한 것은 당연히 여행.

"제시랑 같이 가기로 했어."

"…형님."

나대방은 진정 부러운 눈으로 데이브를 바라보았다.

이제 온전히 커플이 되었다. 마치 곧 결혼할 사람들인 양 행동했다.

그런 데이브의 모습이 제시도 싫지 않은 듯했다.

"일주일간 집을 비워줄 테니 둘이서 즐거운 시간 보내도록 해."

데이브의 활기찬 모습에 나대방은 곧 죽을 것 같은 미소를 지어 보였다.

이미 용호의 손에 붙잡혀 할 일이 정해져 있었기 때문이다.

그런 나대방의 가슴에 데이브가 대못을 박았다.

"나도 남았으면 좋겠지만 우리 제시가 날 너무 좋아해서 말이야."

"……."

나대방은 그저 멍하니 짐을 챙겨 떠나는 데이브를 바라볼 뿐이었다.

턱.

그 뒤에서 용호가 나대방의 어깨에 손을 올렸다.

"자, 이제 국위 선양 해야지?"

용호의 착각이었는지 모르지만 나대방의 어깨가 미세하게 떨리고 있었다.

목표는 크게 잡으라고 했다.

용호는 둘 모두 레드 코더 안에 드는 것을 일단 목표로 잡았다. 그래야 최소한 옐로나 블루 코더 안에 들 것 같았다.

더구나 둘 다 레드 코더 안에 들어도 탑 코드 사이트 내에서 한국의 순위가 1위로 올라서기는 힘들었다.

단 한 가지.

둘 모두 6,000점 이상을 획득하면 가능성은 있었다.

현재 최고점을 가진 사람의 점수가 3,500점대였다.

용호와 나대방이 6,000점을 획득한다면 이번 달에는 1등을 할 수도 있었다.

"회사 다니면 시간이 별로 없을 테니까 이번 주에 레드 코더 안에 못 들면, 알지?"

"……."

나대방은 침묵으로 일관했다. 마치 용호의 폭정에 항거하는 저항군이라도 된 듯했다.

나대방도 여행을 가고 싶었다. 미국에 온 후로 계속해서 일만 했다. 뜻하지 않게 주어진 일주일이라는 휴가 기간을 집에서 코딩만 하며 보내고 싶지는 않았다.

"레드 코더가 되면 네 마음대로 해도 돼. 그런데 그전까지는 안 된다."

지금도 충분히 역량을 발휘하고 있다는 사실을 알고 있었다.

그러나 용호가 보기에는 부족했다.

자신을 쫓아 이곳까지 왔다는 나대방을 꼭 세계에서 손꼽히는 프로그래머로 만들어야 했다.

"쳇."

나대방은 툴툴거리며 용호의 옆에 노트북을 켜고 자리했다. 집중력이라면 용호 못지않았다. 기본적으로 타고난 머리까지 있었다.

데이브가 없어서인지 집안은 더욱 조용해졌다.

'흠……'

용호가 초콜릿을 한입 베어 물며 머리를 긁적거렸다.

문제는 다양한 형식으로 출제된다.

알고리즘 문제도 있었고 이미 작성된 코드를 최적화하는 문제도 있었다.

그리고 이미 작성된 코드에 일부러 버그를 심어 넣고 해결하는 문제도 있었다.

이런 유형의 문제들이 랜덤하게 출제된다.

'이번에는 20점!'

코드를 올리고 결과를 확인하니 이번에도 1등이었다. 만점인 20점을 획득했다.

이렇게 모인 점수가 어느새 1,000점이 넘으니 아이디가 회색으로 변했다.

k—Coder.

용호의 아이디 색이 변했다.

이제야 grey coder가 된 것이다.

'생각보다 쉬운데……'

겨우 이틀 만에 달성한 성과였다.

재밌기 때문에 가능한 일이었다. 점수가 모이는 쏠쏠한 재미가 있었다.

더구나 점수를 통해 매겨지는 랭킹.

순위가 올라가는 것이 눈으로 보이자 재미는 배가 되었다.

코덕후라 불릴 만큼 코딩을 즐겨 하는 용호였기에 가능한 일이었다.

슬쩍 옆을 보니 나대방도 모니터에 집중하고 있었다.

'잘하고 있네.'

용호의 기대와는 다르게 나대방이 하고 있는 건 잡생각이었다.

'이틀 동안 집에서 코딩만 하다니… 미, 미쳤어.'

자신도 어디서 일하는 데 열정이 없다는 소리를 들어본 적이 없었다.

항상 듣는 소리가.

잘한다.

열심히 한다.

능력이 있다.

대단하다.

같은 찬사들이었다.

그러나 용호 앞에서는 부질없는 이야기들이었다.

'정말 이럴 줄은 몰랐네……'

그냥 농담이려니 생각했다.

말이 레드 코더지.

전 세계에서 300명이다.

300명.

말이 300명이지 한국에서 300등 안에 드는 것도 결코 쉬운 일이 아니다.

하물며 미국, 중국, 유럽, 러시아와 같은 쟁쟁한 나라의 인재들과 경쟁해야 한다.

'하여간… 다르긴 달라.'

나대방도 용호의 모니터를 슬쩍 보았다.

이제 막 1,000점이 넘어가고 있었다. 현재 자신의 점수가 500점이니 딱 두 배 차이였다.

'독하다, 독해……'

이틀간 밥도 제대로 먹지 않고 샌드위치나 햄버거, 피자 등을 사다놓고 먹으며 코딩만 하고 있었다.

옆에 놓인 샌드위치를 집어 들며 용호가 다시 방을 하나 만들었다.

"휴우……"

잠이 와 졸린 듯 눈을 비볐다. 막 눈을 비비고 방으로 들어오는 사람을 보니 빨간색 글자가 눈에 띄었다.

chen

단 네 글자였지만 빨간색으로 된 글자가 강렬한 인상을 남겼다.

처음으로 만나는 레드 코더였다.

'실력이 어느 정도 되나 볼까.'

예전 같은 회사의 마크를 술을 먹으며 겨우 이긴 적은 있었다. 제프와는 이런 식의 코딩 대결을 해본 적이 없었기에 판단할 수 있는 기준이 없었다.

전 세계 300명밖에 존재하지 않는다는 레드 코더.

만약 이 사람을 이긴다면 수치로 된 정확한 기준이 생기는 것이다.

문제는 용호가 제일 잘할 수 있는 버그를 찾는 문제였다.

버그 창을 본다면 5분 만에도 풀 수 있을 것이다.

그러나 굳이 그러지 않았다.

객관적으로 자신의 실력을 측정할 수 있는 기회였다.

문제는 흔히 볼 수 있는 메모리 관련 버그였다.

java.lang.OutOfMemoryError

선택한 언어가 자바였기 때문에 자바와 관련된 버그가 문제로 출제되었다.

메모리가 할당된 양을 벗어났다는 뜻이었다.

'결국에는 최적화 문제구나.'

버그는 프로그램의 최적화와 관련이 있었다.

각각 문제 유형이 나눠져 있다지만 문제에 할당된 점수가 높을수록 각각의 영역이 이렇게 엮여 있는 경우가 대부분이었다.

'GC를 써야 하나……'

자바라는 언어로 작성된 프로그램의 메모리 관리는 JVM(Java Virtual Machine)이라는 곳에서 관리한다.

그 안에서도 GC(Garbage Collection)라는 프로그램이 메모리를 할당하고 해제하는 것이다.

GC는 절대 프로그래머가 임의로 호출해서는 안 되었다.

GC를 호출하면 메모리 해제는 될지언정 그 순간 모든 활동이 정지된다.

평소 프로그램은 칫솔질을 하면서 핸드폰을 보는 것처럼 여러 가지 일을 동시에 수행하고 있다.

그런데 GC가 호출되는 순간 오로지 메모리 해제라는 일 하나만 하게 되는 것이다.

'레드 코더니까… 아무래도 그 정도는 해야겠지.'

얼마 전 압축 라이브러리를 수정하며 최적화에 대해 자세히 알게 된 계기가 있었다.

그때의 경험이 없다면 GC를 사용할 생각도 하지 못했을 것이다.

통상적으로 하는 방법인 null을 적절히 사용하는 방법으로 버그를 해결하려 했을 터였다.

'한번 해보자.'

용호는 말도 되지 않는 방법을 사용하며 코딩을 해나갔다.

submit.

작성한 소스를 제출했지만 한 발 늦었다.

'…과연 레드 코더라 이건가.'

총 4명이 한 방에 함께 있었다.

chen.

k—Coder.

peter.

tita.

이러한 순으로 코드가 제출되었다.

제일 먼저 chen이 제출한 소스의 채점 결과가 화면에 나타났다.

Success : true

Status : 0

Execution time(ms) : 23

Peak memory used(kb) : 42345

Total Score : 7

아무런 버그도 발생되지 않았고 메모리 역시 42 메가바이트 정도를 사용하며 안정적인 성능을 보였다.

그런데 뭔가 이상했다.

20점이 만점인 방이었다.

그런데 8점밖에 주어지지 않았다.

용호는 두근거리는 마음을 진정시키며 기다렸다.

'이제 내 차례인가.'

Success : true

Status : 0

Execution time(ms) : 23

Peak memory used(kb) : 42121

Total Score : 13

224kb가 절약되었다.

덕분에 남은 점수를 용호가 모두 차지할 수 있었다.

그리고 연이어 화면에 문구가 떠올랐다.

블루 코더가 된 것을 축하합니다.

한 달 중 겨우 사 일을 투자하여 이루어낸 성과였다.

『코더 이용호』5권에 계속…

GAME BALL

게임볼

설경구 장편소설

FUSION FANTASTIC STORY

무명의 야구인이었던 남자,
우진이 펼치는 야구 감독으로서의 화려한 일대기!

『게임볼』

"이 멤버로 우승을 시키라고?"

가상 야구 게임,
게임볼을 통해 인생 역전을 꿈꾸는

한 남자의 뜨거운 행보에 주목하라!

Book Publishing CHUNGEORAM

유행이 아닌 자유추구 -
WWW.chungeoram.com